KB076426

나는 이육사다

1판 1쇄 인쇄 | 2024년 06월 18일
1판 1쇄 발행 | 2024년 06월 24일

지 은 이 | 고은주
펴 낸 이 | 천봉재
펴 낸 곳 | 일송북

주　　소 | 서울시 성북구 성북로 4길 27-19(2층)
전　　화 | 02-2299-1290~1
팩　　스 | 02-2299-1292
이 메 일 | minato3@hanmail.net
홈페이지 | www.ilsongbook.com
등　　록 | 1998.8.13(제 303-3030000251002006000049호)

ISBN 978-89-5732-335-9 (03800)
값 14,800원

근대

꺾이지 않는 마음으로 행동했던 시인

나는 이육사다

고은주 지음

일송북

나는 **이육사**다

인간다운 삶을 위한 해방, 완전한 독립을 위하여!

"나는 꺾이지 않는 마음이다. 의열단 군관학교 출신의 독립운동 비밀요원으로, 감옥에서 죽어가는 순간에도 시를 썼던 시인으로, 내가 꿈꾸었던 것은 자유롭고 평화로운 세상이었다. 인간다운 삶을 위한 해방, 완전한 독립을 완성하는 것은 이제 그대들의 몫이다."

- 이육사가 독자에게 -

서문

한국을 만든 인물 500인을 선정하면서

일송북은 한국을 만든 인물 5백 명에 관한 책들(5백 권)의 출간을 기획하여 차례대로 펴내고 있습니다. 이는 긍정적이든 부정적이든 우리 역사에 뚜렷한 족적을 남긴 인물들의 시대와 사회를 살아가는 삶을 들여다보고 반성하며, 지금 우리 시대와 각자의 삶을 더욱 바람직하게 이끌기 위해서입니다. 아울러 한국인의 정체성은 무엇인가를 폭넓고 심도 있게 탐구하는, 출판 사상 최고·최대의 한국 대표 인물 콘텐츠의 보고(寶庫)가 될 것입니다.

한국 인물 500인의 제목은 「나는 누구다」로 통일했습니다. '누구'에는 한 인물의 이름이 들어갑니다. 한 인물의 삶과 시대의 정수를 독자 여러분께 인상적·효율적으로 전할 것입니다. 무엇보다 지금 왜 이 인물을 읽어야 하는가에 충분히 답해 나갈 것입니다.

이번 한국 인물 500인 선정을 위해 일송북에서는 역사, 사회, 문화, 정치, 경제, 국방, 언론, 출판 등 각 분야의 전문가들로 선정위원회를 구성했습니다. 선정위원회에서는 단군시대 너머의 신화와 전설쯤으로 전해오는 아득한 상고대부터, 아직도 우리 기억에 생생한 20세기 최근세까지의 인물들과 그 시대들에 정통한 필자를 선정하고 있습니다.

우리는 지금 최첨단 문명시대를 살고 있습니다. 인터넷으로 실시간 글로벌시대를 살고 있으며 인공지능 AI의 급속한 발달로 인간의 정체성마저 흔들리고 있음을 절감하고 있습니다.

이러한 때일수록 인간의, 한국인의 정체성이 더욱 절실히 요구되고 있습니다. 그 정체성은 개인과 나라의 편협한 개인주의나 국수주의는 물론 아닐 것입니다. 보수와 진보 성향을 아우르는 한국 인물 500인은 해당 인물의 육성으로 인간 개인의 생생한 정체성은 물론 세계와 첨단 문명시대에서도 끈질기게 이끌어나갈 반만년 한국인의 정체성, 그 본질과 뚝심을 들려줄 것입니다.

한국 인물 500인 선정위원회 (가나다 순)

위원장: 양성우(시인, 前 한국간행물윤리위원장)

위원: 권태현(소설가, 출판평론가), 김종근(前 홍익대 교수, 미술평론가), 김준혁(한신대 교수, 역사), 김태성(前 11기계화사단장), 박상하(소설가), 박병규(민화협 상임집행위원장), 배재국(해양대 교수, 수학), 심상균(KB국민은행 금융노동조합연대회의 위원장), 윤명철(前 동국대 교수, 역사), 오세훈(씨알의 소리 편집위원), 이경식(작가, 번역가), 오영숙(前 세종대학교 총장, 영어학), 이경철(前 중앙일보 문화부장, 문학평론가), 이덕수(시민운동가, 시인), 이동순(영남대 명예교수, 시인), 이덕일(순천향대학교, 역사), 이순원(소설가), 이종걸(이회영기념사업회장), 이종문(前 계명대 학장, 시조시인), 이중기(농민시인), 장동훈(前 KTV 사장, SBS 북경특파원), 하만택(코리아아르츠그룹 대표, 성악가), 하응백(前 경희대 교수, 문학평론가)

차 례

3장 한 개의 별을 노래하자

4장 세월에 불타고 우뚝 남아서서

광화문에서 육사를 생각하다

2024년 1월. 그가 세상을 떠난 지 80년이 되었다. 베이징 일본 영사관의 헌병대 감옥에서 순국하면서도 마분지에 시를 썼던 시인 이육사. 차가운 지하 감옥에서 그의 시신과 유품을 수습했던 동지의 증언에 따르면 육사는 두 눈을 부릅뜬 채 돌아가셨다고 한다. 「청포도」라는 시에서 은쟁반에 하이얀 모시수건으로 맞이하겠노라 다짐했던 손님, 즉 '광복'을 한 해 앞둔 때였다.

그가 이 세상에 왔다간 자취라도 남겨 보려 하니 실로 그 발자취는 자욱 자욱이 피가 고일 만큼 신산하고 불행한 것이었다.

해방 후 발간된 『육사 시집』의 발문에 문학평론가인 동생 이원조가 남긴 글이다. 1904년부터 1944년까지 이어진 육사의 40년 인생은 일제강점기와 거의 겹치고 있으므로 신산하고 불행했던 것이 어쩌면 당연해 보일 수도 있겠다. 하지만 그 시절 얼마나 많은 이가 친일을 하면서 일신의 영달을 구했으며, 특히 일제 말기에 이르러서는 얼마나 많은 변절자가 나왔는지 우리는 알고 있다.

인간의 의지가 시험받던 야만의 시절, 육사는 인간다운 세상을 위한 해방을 꿈꾸며 끝까지 강하고 아름답게 저항했다. 끝까지 꺾이지 않기 위한 방법은 죽음밖에 없었으므로 당당히 죽음을 향해 걸어갔다.

의열단의 군관학교 출신이었던 그의 마지막 임무는 중국 내 독립운동 진영의 좌우합작과 국내로의 무기 반입이었다. 계속해서 이어진 투옥과 고문으로 만신창이가 된 몸으로 '마음'을 모으려고, 모아서 묶으려고, 묶어서 움직이려고, 전쟁터인 죽음의 땅으로 달려갔던 것이다.

저항시인 이육사에 대한 최초의 장편소설을 쓸 때, 나는 줄곧 그 '마음'에 대해 생각했다. 어떠한 상황에서도 결코 꺾이지 않는 마음. 어떠한 경우에도 불의와는 타협하지 않겠다는 불굴의 의지. 그것은 거침없는 행동으로 이어진 실천의 마음이기도 했다.

총을 들 수 없을 땐 펜을 들었고 펜을 들 수 없을 땐 총을 들었던 육사의 거침없는 행보 앞에서 나는 매번 압도당했다. 그는 투사와 시인, 전통과 신문화, 군인과 선비, 이성과 감성의 경계를 무시로 넘나들었다. 민족시인이라는 이름의 굴레를 벗겨주어야 한다거나 신성화나 우상화를 우려해야 한다는 말도 있지만, 그의 삶과 문학은 알면 알수록 새로운 해석이 필요한 깊이와 무게를 지니고 있다.

그가 세상을 떠나고 80년이 흐른 지금, 우리는 어떤 세상에서 살고 있는가?

새로 복원된 광화문 현판을 바라보며 나는 다시 한번 생각해 본다. 시민들은 자유롭게 광화문 앞을 오가며 행복한 모습을 카메라에 담고 있지만, 길 건너 광장에서는 서로 다른 목소리를 높이는 시위가 끊이지 않고 있다. 100년 만에 복원된 월대를 두고서도 일본 제국에 의해 파괴된 역사를 안타까워하는 목소리와 조선 왕조의 무능을 탓하는 목소리가 교차한다.

3·1 운동 이후 임시정부를 수립한 독립운동가들이 목숨 바쳐 얻으려 했던 것은 왕정복고가 아니라 새로운 공화국이었음에도 친일파를 옹호하는 이들은 조선 왕조를 폄하하며 독립운동을 평가절하한다. 3·1 운동을 통한 민중의 결집력에 놀란 일제가 문화 통치로 전환하면서 교묘하게 심어놓은 식민사관은 아직도 여러 얼굴로 우리를 지배하고 있는 것이다.

우리가 교과서에서 배운 시인「청포도」를 발표한 뒤 육사는 가까운 지인에게 "청포도가 익어가는 것처럼 우리 민족이 익어간다. 그리고 곧 일본도 끝장난다."라고 말했다. 여기서 말한 일본은 지금의 일본이 아니라 제국주의 시대의 일본이라는 점에 주목해야 한다. 강제로 나라를 빼앗고 차별과 탄압을 지속했던 제국의 식민 지배가 문제이지 '일본'이라는 나라 자체가 우리의 적은 아닌 것이다.

세상 돌아가는 일을 알지 못해 나라를 잃었다고 해서 인간다운 삶까지 포기하며 살 수는 없다. 그 누구도, 어떤 권력이나 이념도, 인간을 구속하거나 사상을 구속할 수는 없다. 단재 신채호 선생이 조선혁명 선언에서 "진정한 독립운동은 이 땅에서 강도 일본을 몰아내는 것뿐이 아니라 제도와 사람이 사람을 억압하지 않는 새 나라를 만드는 것"이라고 천명했듯이.

육사는 일제 말기에 민족주의 계열과 사회주의 계열의 독립운동 단체들을 통합하는 일을 돕기 위해 베이징으로 갔고 그곳에서 옥사했다. 그러한 육사가 지금, 나라가 둘로 나뉜 것도 모자라 그 반쪽의 나라 안에서도 좌우 분열이 극심한 모습을 보면 어떤 생각을 할까? 제국의 압제 아래 시작된 이념 분열이 해방 이후 강대국 사이에서 벌어진 동족상잔의 비극을 거치며 돌이킬 수 없는 지경에 이른 이 모습을 보면….

그뿐인가. 성별, 지역, 세대를 가리지 않고 나뉘고 또 나뉘어 서로 간에 혐오가 만연한 모습은 서글픈 지경이다. 게다가 물질만능주의에 사로잡혀 돈을 숭배하는 영혼들에게는 진정한 인간적 해방이란 요원해 보인다. 육사의 삶과 작품 세계를 그린 장편소설을 펴내고 5년이 흘렀지만 조금도 변함없는 이 세상을 보면서 나는 다시 한번 그의 인생을 들려주고 싶어졌다.

육사는 퇴계 이황의 14세손으로 어린 시절부터 한학을 배우며 유교적 전통을 체화하여 안동 혁신유림의 독립운동 정신을 계승한 사람이었다. 또한 그는 도쿄 유학과 베이징 유학을 통해 근대 문물을 받아들인 지식인이었다. 러시아혁명의 영향을 받은 사회주의자였으나 의열단의 김원봉 단장과는 의견 차이를 자주 보였던 아나키스트이기도 했다. 전통을 이어가면서도 진보적 의지를 불태웠던 그의 삶은 지금 우리 사회가 지향해야 할 바를 보여준다.

23세에 조선은행 대구지점 폭탄 사건에 연루되어 첫 번째 옥살이를 할 때의 수인번호가 264번이었다. 그 숫자인 이.육.사.를 필명으로 저항시를 쓰면서 그는 목숨이 다하는 날까지 계속해서 붙잡히고 갇히고 고문당했다. 그러나 결코 꺾이지 않는 마음으로 그 누구보다도 뜨겁게 행동했다.

독립운동가로서의 이육사를 알고 나면 그의 시도 더욱 잘 이해할 수 있게 될 것이다. 육사는 시사평론으로 글쓰기를 시작했지만 독립운동을 제대로 할 수 없게 되자 시를 통해 우회적으로 자신의 생각과 마음을 밝혔다. 그의 성장 배경과 독립운동, 그리고 문필 활동은 유기적으로 결합되어 있어서 결코 떼어놓을 수가 없다.

육사의 시와 산문을 자세히 들여다보면 강인한 의지뿐만 아니라 섬세한 감성도 충만함을 느낄 수 있다. 시대적인 상황으로 인해 훌륭한 문학 작품을 더 많이 남기지 못하고 일찍 세상을 떠난 것이 너무나 아쉽다.

육사는 마흔의 생애 동안 40편의 시와 40여 편의 산문을 남겼다. 그중에서 17편의 시를 골라 읽으면서 그의 삶과 문학적 발자취를 따라가 볼까 한다. 육사의 생각을 직접적으로 보여주는 산문은 곳곳에 부분적으로 인용될 것이다. 문학과 역사의 만남을 시도하는 이 이야기를 통해서 시대에 가로막혀 재능을 한껏 펼치지 못한 예술가의 초상을 함께 그려볼 수 있으면 좋겠다.

1장

매화 향기
홀로 아득하니

무서운 규모가 그를 키웠다

'꺾이지 않는 그 마음은 어디에서 왔을까?'

이는 육사에 대한 소설을 쓰면서 내가 가졌던 가장 큰 의문이다. 물론 우리는 독립운동가들의 삶을 보면서 흔히 그런 감정을 느끼곤 한다. 현실에 안주하며 살아가는 소시민의 처지에서는 온몸으로 위대한 가치를 실천해낸 사람들에게 경외감을 느끼며 '만약 내가 그 시절을 살았다면 과연 그렇게 할 수 있었을까?' 하고 생각해보는 것은 자연스러운 일이다.

육사가 죽음을 각오하고 행동에 나섰던 일제 말기는 대

부분의 문인이 변절했던 시기였기에 그의 실천적 의지는 더욱 의미 있게 다가온다. 끝까지 일제에 저항했던 문인은 여섯 명이니 일곱 명이니 하여 손가락을 꼽기도 민망할 지경인데, 그나마 붓을 꺾고 은신한 문인들의 소극적 저항마저 없었다면 우리 문학사는 크게 부끄러웠을 것이다.

그래서 더욱 궁금했다. 이처럼 경이로운 삶을 이끌어간 신념이 과연 개인의 의지와 노력만으로 얻어진 것일까? 육사는 그에 답하듯 이렇게 쓴 적이 있다. 아래는 1938년에 발표한 「계절의 오행」이란 수필의 일부분이다.

본래 내 동리란 곳은 겨우 한 백여 호나 될락 말락 한 곳, 모두가 내 집안이 대대로 지켜 온 이 땅에는 말도 아니고 글도 아닌 무서운 규모가 우리를 키워 주었습니다.

그는 이렇게 작은 고향 마을의 '무서운 규모' 속에서 자라났다. 규모는 곧 규범이니, 전통적 규범이 무서울 정도로 삶을 지배했다는 이야기일 것이다.

그러니, 육사의 삶을 이야기하려면 그의 고향부터 찾아갈 수밖에 없다. 탄생 일화와 성장 환경부터 시작되는 인물 이야기의 전형적인 틀을 따른다고 해도 어쩔 수 없다. 그만큼 육사에게는 성장 배경이 중요하기 때문이다.

한 백여 호나 될락 말락 한 곳, 집안 대대로 지켜온 그 땅은 바로 안동의 원촌마을이다. 퇴계 이황의 5세손이자 육사의 9대조인 원대처사 이구(李榘)가 이 마을을 열었으니, 작지만 결코 작다고 할 수 없는 곳이다.

이곳 원촌마을에서 육사는 1904년 5월 18일에 태어났다. 현재 주소는 경북 안동군 도산면 원천리. 생가는 남아 있지 않지만 그 터에 육사를 기리는 공원이 조성되어 있고 옆에는 이육사문학관이 자리 잡고 있다. 고개 하나를 넘으면 퇴계 이황의 묘소가 있고 인근에는 퇴계 종택과 도산서원이 있다.

퇴계라는 신이 지배하는 땅, 안동. 그곳에서 퇴계의 14세손으로 태어나 자랐으니 육사가 일본 경찰에게 진술할 때 자신의 종교를 '유교'라고 말한 이유를 알 수 있다.

일신의 안락보다도 중요한 무언가가 있다고 굳게 믿지 않는다면 그처럼 강인한 삶은 불가능했을 것이다. 그것이 바로 선비 정신이 아닐까? 인격 완성을 위해 끊임없이 학문과 덕성을 키우며, 세속적 이익보다 대의를 위하여 목숨까지도 버릴 수 있는 불굴의 정신. 무엇이 옳은가를 철저하게 따지면서 바른길을 열어간 선비 정신은 육사가 말한 '규모'이기도 할 것이다.

선비는 양반이나 사대부 같은 신분 개념이 아니라 인격적인 개념이다. 지와 덕을 겸비하고, 의리와 범절을 지키며, 자신에 엄격하고 남에게는 후한 박기후인(薄己厚人)의 정신과 겸손의 자세로 사는 사람들을 말한다. 남존여비나 사농공상처럼 시대에 맞지 않는 유교적 요소들이 잘못된 양반문화와 뒤섞여 오늘날에는 선비가 멸칭처럼 되어버린 것이 안타깝다.

진정한 선비는 삶의 자세에 대해 진지하게 고민하며 자신에게 부끄럽지 않고자 노력했다. 근대화에 실패하고 나라를 빼앗긴 무능한 조선을 부끄러워하며 일제의 침략에 맞서 가장 강력하게 저항했던 집단은 전통 유림 세력이었다.

육사의 아버지 이가호(李家鎬)는 나라가 망하기 전부터 일본이 우리의 정치를 간섭하고 있다며 벼슬길을 포기했고, 할아버지 이중직(李中稙)은 한일합병이 되자 노비 문서를 불태우고 하인들을 해방시켜 주었다.

집안 어른인 향산 이만도는 일제의 백성으로 살 수 없다며 24일 동안 곡기를 끊고 단식 순국하면서 문중과 고향 사람들에게 엄청난 영향을 미쳤다. 향산의 아우는 일제가 은사금을 주겠다고 억지로 데려가려 하자 스스로 칼로 목을 찔렀으며, 며느리는 3·1운동에 앞장서다 체포되어 인두로 눈을 지지는 고문을 당해 실명했다.

그 모든 이야기를 육사는 어릴 적부터 들으면서 자라났다. 그의 대표 시인 「청포도」에 나오는 '이 마을 전설이 주저리 주저리 열리고'라는 구절은 그래서 예사롭게 다가오지 않는다.

육사의 외가 또한 유림이면서 독립운동에 앞장선 가문이었다. 외할아버지 허형(許蘅)은 의병장이었는데, 구한말의 의병대장인 왕산 허위가 그의 사촌이다. 만주 동북항일연군의 허형식 장군은 육사의 어머니 허길(許吉)의 사촌으로, 육사의 또다른 대표 시인 「광야」에 등장하는 '백마 타고 오는 초인'의 모델로 일컬어지기도 한다.

왕산 허위가 서대문형무소 최초의 정치범 사형수가 되자 육사의 외가 사람들은 모두 이 땅을 떠나서 독립운동을 계속했다. 육사의 외숙인 허발은 만주에서 한약방을 운영하며 독립운동가들의 연락처 및 군자금 조달 창구 역할을 하면서 동생 허규와 함께 육사의 독립운동에 큰 영향을 주었다.

육사의 외사촌인 허은은 임시정부 국무령을 지낸 석주 이상룡의 손자며느리로 평생 독립군 지원에 헌신하여 독립유공자로 추서되었다. 석주 이상룡은 퇴계 학맥의 계승자이고 안동 독립운동의 중심인 임청각이 그의 본가이니 육사의 친가와 외가는 유림과 독립운동으로 연결되어 그야말로 '무서운 규모'를 이루고 있는 것이다.

내가 아주 어렸을 때 그것은 어느 해 가을이었나이다. 그해 가을 우리 동리에는 무슨 큰 변이 났다고 해서 모두들 산중으로 자기 집 선영이 있는 곳이나 농장이 있는 곳으로 피난을 가는 것이었고, 그때 나도 업혀서 피난을 갔었는데 그것이 아마 지금 생각하면 평생에 처음 가는 여행이었습니다.

고종이 퇴위당하고 대한제국 군대가 강제 해산되어 정미의병이 일어났을 때, 퇴계 이황의 종택이 일본군에 의해 불타는 사건이 일어났다. 퇴계 집안에서 의병들을 많이 도와주었고 집안에 의병장도 많았기 때문이다. 그때 세 살이었던 육사는 그 강렬한 기억을 수필 「계절의 오행」에 위와 같이 적어놓았다.

그로부터 3년 뒤에 한일합병이 되자 가문이 몰락하기 시작했고 고향을 떠나면서 떠돌이 생활이 시작되었으니, 평생의 첫 여행이 피난길이었다는 것은 다가올 운명의 암시처럼 여겨진다. 일본에 외교권을 빼앗긴 을사늑약 1년 전인 1904년에 태어나 광복 1년 전인 1944년에 순국한 육사의 일생은 우리의 뼈아픈 근대사와 궤적을 같이 한다.

식민지와 근대화는 퇴계로 상징되는 전통의 붕괴로 여겨지기도 했겠지만 육사는 꺾이지 않고 나아갔다. 퇴계는 인간이 마땅히 가야 하는 올바른 길을 평생 공부했고 또한 그것을 실천했으므로 그가 내어놓은 길을 걸어가는 것은 무척 자연스러운 일이었을 것이다.

퇴계의 말씀은 평상시에는 도덕적인 삶으로 이끌고 위기 때는 공동체를 위해 행동하도록 인도하는 빛이 된다고 했으니, 구한말 항일 의병의 효시인 갑오의병이 안동에서 시작된 것 또한 자연스러운 일이었다. 왕조를 지키기 위해 일어났던 의병은 국민의 나라를 세우기 위한 독립운동으로 이어져서 안동은 기초단체로는 가장 많은 독립유공자를 배출한 항일의 고장이 되었다.

꺾이지 않는 마음의 고향

육사가 태어난 원촌(遠村)마을의 이름을 한자로 풀이하면 '먼 마을'이다. 실제로 원촌은 안동의 중심에서 멀리 떨어진 낙동강 상류 쪽에 있다. 안동이라는 도시 자체도 서울에서 먼 곳이다. 중국의 홍건적이 고려를 침략했을 때, 공민왕은 안동까지 피난을 오기도 했다. 북쪽에서 쳐들어오는 오랑캐로부터 안전한 먼 곳이기 때문이었다.

또한 그 시절에 자주 출몰했던 왜구들도 안동으로 들어오기는 힘들었다. 동해안으로 들어오면 태백산맥을 넘을 수 없었고, 서해안이나 남해안으로 들어오면 첩첩산중의 고갯길을 넘는 것이 어려웠다. 그만큼 깊고 먼 마을이었다.

원촌 동쪽에 있는 왕모산은 공민왕이 피난 시절에 성을 쌓고 어머니 명덕태후를 모신 곳이어서 붙여진 이름인데, 육사는 그곳으로 뜨는 해를 보면서 유년 시절을 보냈다. 집 앞으로 낙동강이 흘러가고 있었지만 태백에서 발원한 물줄기가 비로소 강의 모습을 갖추기 시작한 상류였기에 그다지 폭넓은 강은 아니었다.

1975년, 안동댐 건설을 앞두고 육사의 생가는 안동 시내 태화동으로 옮겨졌다. 댐의 수위가 높아지면 물에 잠기는 위치라서 철거 대상이 된 것이다. 이를 안타까워하던 이들이 생가터에 흙을 부어 수몰선 위로 살려내고 「청포도」 시비를 세운 것은 1993년의 일이다.

2004년에는 육사 탄생 100주년과 순국 60주기를 기려 생가터 근처에 이육사문학관을 건립했다. 문학관의 바로 옆에는 생가를 그대로 재현한 기와집도 만들었다. 생가가 시내로 옮겨질 때 해체와 조립 과정에서 앉음새와 방향도 달라져 옛 모습을 잃고 말았기에 옛 사진을 참고해서 제대로 다시 지은 것이다.

작가가 태어나고 자란 곳, 그리고 묘소까지 있는 곳에 이렇게 큰 규모로 문학관을 지은 곳은 흔치 않다. 원래 육사의 묘소는 생가 뒷산에 있어서 한 시간 정도 등산을 해야 갈 수 있었는데, 2023년 4월에 문학관 바로 옆에 있는 언덕으로 이장되었다. 이제 반경 백여 미터 안에서 작가의 생과 사를 함께 호흡할 수 있게 된 것이다.

이육사문학관에서는 인근에 두 군데 시상지(詩想地)를 마련해 놓았다. 육사가 뜨는 해를 바라보았던 왕모산 칼바위에는 「절정」의 시상지를, 그리고 지는 해를 바라보았던 쌍봉의 윷판대에는 「광야」의 시상지를 조성했다. 두 편의 시는 모두 육사가 고향을 떠난 뒤에 쓴 것이지만 그곳에 서면 그 시를 쓴 시인의 마음이 느껴진다.

두 군데 시상지는 모두 육사의 고향 마을을 내려다보는 위치에 있는데, 특히 문학관에서 가까운 쌍봉 윷판대에 서면 생가터와 그 앞을 흐르는 낙동강 사이로 펼쳐진 들판이 눈에 가득찬다. 「광야」의 제목을 한자로 다시 한번 살펴보게 만드는 풍경이다.

광야(曠野)

까마득한 날에
하늘이 처음 열리고
어데 닭 우는 소리 들렸으랴

모든 산맥들이
바다를 연모해 휘달릴 때도
차마 이곳을 범하던 못하였으리라

끊임없는 광음을
부지런한 계절이 피어선 지고
큰 강물이 비로소 길을 열었다

지금 눈 나리고
매화 향기 홀로 아득하니

내 여기 가난한 노래의 씨를 뿌려라

다시 천고의 뒤에

백마 타고 오는 초인이 있어

이 광야에서 목놓아 부르게 하리라

『자유신문』 1945. 12. 17.

해방 이후에 육사의 유작으로 발표된 이 시는 대륙을 배경으로 한 작품으로 해석된 경우가 많았다. 육사가 중국 대륙을 오가며 독립운동을 했기에 더욱 그러했을 것이다. 그러나 그는 광야(廣野)가 아니라 광야(曠野)라고 썼다. '넓을 광(廣)'이 아닌 '빌 광(曠)'이다.

텅 빈 들판. 한겨울에 육사 생가터 앞의 쌍봉 윷판대에 오른다면 그 모습을 볼 수 있을 것이다. 모든 산맥이 달려가다 멈춘 곳, 큰 강물이 길을 여는 곳, 그곳에 펼쳐진 들판이 텅 비어 있는 모습을.

물론 봄이 오면 그곳에 싹이 트고 잎이 무성해질 것이

다. 곡식이 익어가고 풍요를 함께 나눌 것이다. 그러나 일제강점기에는 빼앗긴 들판이 항상 거칠고 비어 있는 폐허로 느껴지지 않았을까? 그래서 더욱 넓게 보이지 않았을까? 예전에는 '넓을 광'과 '빌 광'을 구별하지 않고 썼다지만, 한문에 능통했던 육사는 텅 비어서 더욱 넓어 보이는 그 아득한 느낌을 제목에 담았으리라 생각한다.

죽음을 각오하고 중국으로 떠나면서 육사는 고향의 텅 빈 들판을 떠올렸을 것이다. 일제에 빼앗긴 삶의 터전을 되찾는 것이 곧 독립운동이었다. 우리말로 글을 발표할 수 없게 된 시절, 솟아오르는 시어들을 그는 가슴속에 꾹꾹 눌러 담았을 것이다. 그리고 마침내 차가운 지하 감옥에서 죽어가는 순간, 손에 잡히는 종이에 시를 적어넣었을 것이다.

1944년 1월 16일 새벽. 육사는 40세 생일을 4개월 앞두고 베이징에 있는 일본영사관의 헌병대 감옥에서 순국했다. 그때 육사의 시신을 수습하면서 유고 시들도 함께 수습했는데, 그중의 한편이 「광야」다.

살아있다는 게 치욕이었던 시절, 육사는 고뇌에만 빠져 있는 문약한 시인으로 기억되기 싫었을 것이다. 그래서 항일 투쟁의 최전선인 중국 대륙으로 갔다. 이름을 걸고, 목숨을 걸고 가야 할 길이었다. 고통스럽겠지만, 그 길로 가지 않으면 더욱 고통스러울 것이 분명한 길. 그것은 선비의 길이었다.

조선을 일으키고 이끌어간 것도 성리학이지만, 조선을 망친 것도 성리학이었다. 육사는 스러져가는 조선에서 태어나 가학으로 한학을 배우고 일제강점기에 중국과 일본에서 수학하면서, 성리학의 공허한 관념론과 엄연한 현실 사이의 괴리를 그 누구보다도 절감했을 것이다. 수필 「계절의 오행」에서 그는 '폼페이 최후의 날' 같은 최후를 맞이할 세계를 아래와 같이 상상한다.

지금 내 머릿속에 타고 있는 내 집은 그 속에 은촛대도 있고 훌륭한 현액(懸額)도 있기는 하나 너무도 고가(古家)라 빈대가 많기로 유명한 집이었나이다. 이 집은 그나마 한쪽이 기울어서 어느 때 어떻게 쓰러질는지도 모르는 것입니다. 나폴레옹이 우리 집을 쳐들어오면 나는 그것을 모스코(Moscow) 같이 불을 지를 집이어늘, 그놈의 빈대란 흡혈귀를 전멸한다면 나는 내 집에 불을 싸지르고 로마를 태워 버린 네로가 되오리다.

「계절의 오행」은 1938년 12월 『조선일보』에 4회에 걸쳐 연재된 수필이다. 발표할 당시 34세였던 육사가 어린 시절부터 경험하고 생각한 것들을 회고적으로 써내려간 작품인데, 수필치고는 분량이 많은 데다가 직접적으로 과거의 일들을 말하고 있어서 그의 삶과 인생관을 살펴보기에 적합하다.

위에 인용한 부분은 골통대에 담배를 피우다가 연기를 바라보면서 상상한 장면으로, 그가 전통에 대해서 가졌던 자부심과 한계와 혁신 의지를 동시에 엿볼 수 있다. 하지만 그는 유교의 정치 이상을 실천하고자 하는 마음은 끝까지 버리지 않으려 했으니 그것이 바로 「광야」에 나타난 '매화'일 것이다. 세속의 고난을 초월하여 천명으로서의 정치적 올바름을 추구하는 군자의 이상이 '지금 눈 나리고 / 매화 향기 홀로 아득하니 / 내 여기 가난한 노래의 씨를 뿌려라'로 드러나 있다.

사군자 중의 하나인 매화는 이른 봄에 홀로 피어 봄의 소식을 전한다. 매화는 평생 추워도 향기를 팔지 않는다(梅一生寒不賣香) 하여 불의에 굴하지 않는 선비 정신의 상징이자 지조와 절개의 표상이었다.

퇴계 이황의 매화 사랑도 깊어서 돌아가시기 전의 유언이 "저 매화에 물을 주거라"였을 정도였다고 하니, 육사 또한 매화를 바라보는 마음이 각별했을 것이다. 육사가 퇴계 학맥을 잇는 저항성과 문학성을 모두 이어받았음을 우리는 「광야」의 매화 향기에서 느낄 수 있다.

다시, 눈 나리듯 매화 향기 홀로 아득한 시절이다. 백마 타고 오는 초인이 기다려지는 시절이다. 「광야」를 감상하면서 육사가 바라보던 높은 세계의 쓸쓸함과 위대함에 대해 생각해 본다. 그가 목숨 걸고 지키고자 했던 것들을 생각해 본다. 침범할 수 없는 가치, 인간다운 삶, 그리고 자유와 평화.

육우당의 형제들

안동의 이육사 생가터에는 「청포도」 시비와 함께 육우당 유허지비(遺墟之碑)가 서 있다. 앞서 말했듯이 안동댐 건설로 빈터만 남게 된 자리에 옛집을 기리는 비가 대신 서 있는 것이다.

육우당(六友堂)은 글자 그대로 여섯의 우애를 잊지 말자고 붙인 당호다. 그러므로 육우당 유허지비는 집이 아니라 그 집에 살았던 여섯 형제를 기리는 비라고 할 수 있다. 여섯 형제는 모두 재주가 빼어났고, 안동 인근에 소문이 날 정도로 우애가 깊었다. 육사는 이들 중 둘째인데 본명은 원록이다.

만형 원기는 한학자로 동생들과 함께 조선은행 대구지점 폭탄 사건에 연루되어 대구형무소에서 옥고를 치른 독립운동가다. 1990년에 육사와 함께 건국훈장 애국장이 추서되었다. 셋째 원일은 빼어난 서화가로 역시 대구 격문 사건 등으로 여러 차례 투옥되었던 독립운동가다.

넷째 원조는 문학평론가로 당대에는 육사보다 더 유명해서 육사가 원조의 중형(仲兄)으로 소개되기도 했다. 그는 1928년부터 2년 연속으로 『조선일보』 신춘문예에 시와 소설이 당선되었고, 1935년부터 1939년까지는 『조선일보』의 학예부 기자로 활동했다.

다섯째 원창도 『조선일보』 인천지국 주재기자였으니 『조선일보』 대구지국에서 일했던 육사까지 삼 형제가 같은 신문사에서 기자로 일한 셈이다. 여섯째 원홍은 미술에 소질이 있어 처음으로 출품한 전국미술대회에서 입선했으나 열아홉이라는 이른 나이에 세상을 떠났다.

여섯 형제는 어린 시절부터 함께 할아버지로부터 한학

을 배우면서 유교적 전통을 익혔다. 지금은 안동에 속하게 되었지만 그 시절 원촌마을이 있는 곳의 이름은 예안이었다. 안동이든 예안이든 모두 편안한 곳이라는 뜻을 품고 있으니 형제들은 평화롭고 평안한 어린 시절을 보내며 선비의 삶을 체화했을 것이다. 예절과 규칙을 지키면서 사람의 도리를 귀중히 여기며 살아가는 조상들의 삶이 곧 선비의 삶이었다.

도산서원에서 퇴계 묘소를 지나며 언덕길을 따라 올랐다가 다시 내려서면 곧바로 눈앞에 마을이 펼쳐지는데 그곳이 바로 형제들의 고향인 원촌이다. 마을 뒤로 뻗어내려온 다섯 산줄기와 마을 앞으로 흐르는 낙동강의 조화가 마치 신선이 거문고를 타는 모양 같다는 곳이다.

이원조의 수필 「향토유정기」에는 어린 시절의 추억이 자세히 드러나 있다. 활대처럼 굽어진 산기슭에 백여 호의 집들이 있고 그 앞으로는 활줄처럼 낙동강이 흘러가니 늦은 봄철부터 형제들은 강에서 살았다. 아침밥만 뜨고 나면 강으로 달려나가 물고기를 잡으며 놀거나 강변 붉은 바위 아래서 헤엄치며 놀았다. 말 놀이를 한다고 옷고름을 풀고 달리기도 했고, 그러다 지치면 커다란 느티나무 아래에서 낮잠을 자거나 글을 읽었다.

육사의 수필 「은하수」에도 비슷한 광경이 묘사되어 있는데, 한학을 가르쳐 주던 할아버지께서 밤이 되면 별들의 이름을 가르쳐 주시는 장면이나 저녁을 먹은 뒤에 고시(古詩)를 큰소리로 낭송하며 거리를 돌아다니는 풍경, 그리고 가을이 오면 등잔불 아래서 글을 외워 강(講)에서 낙제하지 않으려는 모습도 세세히 그려져 있다.

그런데 이 강(講)이란 것도 벌서 경서를 읽는 처지면 『중용』이나 『대학』이면 단권책이니까 그다지 힘들지 않으나 논어나 맹자나 시전 서전을 읽는 선비라면 어느 권에 무슨 장이 날는지 모르니까, 전질을 다 외우지 않으면 안 됨으로 여간 힘드는 일이 아니였다. 그래서 십여 세 남짓했을 때 이런 고역을 하느라고 장장추석에 책과 씨름을 하고 밤이 한시나 넘게 되야 영창을 열고 보면 하늘에는 무서리가 나리고 삼태성이 은하수를 막 건너선 때 먼데 닭 우는 소리가 어즈러히 들리곤 했다. 이렇게 나의 소

년 시절에 정들인 그 은하수였건만 오늘날 내 슬픔만이 엇되히 장성하는 동안에 나는 그만 그 사랑하는 나의 은하수를 잃어버렸다. 딴이야 내 잃어버린 게 어찌 은하수뿐이리요.

수필 「은하수」는 1940년 10월 『농업조선』에 발표되었다. 중일전쟁에 이어 제2차 세계대전이 시작되어 일제의 한반도 병참기지화가 가속화되던 시기였다. 내선일체라는 명목으로 더욱 강화된 민족말살정책은 성과 이름을 일본식으로 바꾸도록 하는 창씨개명까지 강요하기에 이르렀으니, '은하수'를 잃어버렸다는 육사의 탄식은 단순히 어린 시절의 추억에 대한 아쉬움만이 아닐 것이다.

이어서 이 글은 "영원한 내 마음의 녹야! 이것만은 어데로 찾을 수가 없는 것 같고 누구에게도 말할 곳조차 없다"라고 한탄하는 장면으로 이어진다. 빼앗긴 고향의 텅 빈 들판이 이 수필에서는 '녹야'로, 그리고 유작으로 발표된 시에서는 '광야'로 표현된 것이 아닐까? 늦은 밤 삼태성이 은하수를 막 건너선 때 먼데 닭 우는 소리가 들려오는 모습은 「광야」에서 '까마득한 날에 / 하늘이 처음 열리고

/ 어데 닭 우는 소리 들렸으랴'로 변주된 것 같기도 하다.

형제들과 함께했던 그토록 아름다운 시절은 1916년에 조부가 별세하면서 암운이 깃들기 시작한다. 육사의 나이가 열두 살 때였다. 이때부터 형제들은 집안에서 설립한 문중 학교인 보문의숙에 들어가 신학문을 배웠는데, 이 학교는 1918년에 도산공립보통학교로 바뀌었고 이듬해 육사는 1회 졸업생이 되었다.

그리고 그 이듬해에 온가족은 고향 마을을 떠났다. 일제에 협력하지 않아 가세가 기울었던 집안은 조부의 별세로 더욱 형편이 나빠졌기 때문이다. 나라가 망했는데 집안이 온전하다면 그게 더 이상한 일일 것이다. 육사는 형제들과 함께 먼저 대구로 가서 약전골목 약재상의 점원으로 일하며 석재 서병오의 문하에서 글씨와 그림을 배웠다.

육사는 고향을 떠나기 직전에 영천의 대지주 안용락의 딸인 일양과 혼인했다. 이는 당시에 흔히 그랬듯 부친의

엄명에 따른 것이었다. 신학문에 대한 열망이 강했던 그는 이른 나이에 했던 혼인을 선뜻 받아들이지 못했다고 한다. 아버지가 강요하는 전통적인 여성보다는 신여성을 선택하고 싶은 마음도 있었을 것이다.

1921년, 육사는 장인이 학무위원으로 있던 영천 백학학원에 들어간다. 그곳에서 중등 과정에 해당하는 신학문을 배웠고, 이어서 학생들을 가르치는 교사가 되어 9개월 동안 일했다. 그리고 스무 살이 된 1924년의 봄에 일본 도쿄로 향한다. 당시의 많은 지식인이 그러했듯이 일본에서 신학문을 배우기 위해서였다.

그러나 그가 도착한 도쿄는 간토 조선인 대학살 직후의 참혹한 모습이었으니, 육우당에서 전통 교육을 받던 추억으로부터 그 살풍경을 지나간 육사의 마음을 우리는 아래의 글에서 엿볼 수 있다. 할아버지가 도장 재료를 상품으로 내놓고 육사 형제들에게 글씨와 그림을 가르쳤던 평화로운 시절의 풍경을 담은 「연인기(戀印記)」라는 수필의 일부분이다.

우리가 시골 살던 때 우리 집 사랑의 문갑 속에는 항상 몇 봉의 인재(印材)가 들어 있었다. 그래서 나와 나의 아우 수산(水山: 원일) 군과 여천(黎泉: 원조) 군은 그것을 제각기 제 호(號)를 새겨서 제 것을 만들 욕심을 가지고 한바탕씩 법석을 치면 할아버지께서는 웃으시며 "장래에 어느 놈이나 글 잘하고 서화 잘하는 놈에게 준다"고 하셔서 놀고 싶은 마음은 불현 듯하면서도 뻔히 아는 글을 한 번 더 읽고 글씨도 써보곤 했으나, 나와 여천은 글씨를 쓰면 수산을 당치 못했고 인재는 장래에 수산에게 돌아갈 것이 뻔한 일이었다. 그래서 나는 글씨 쓰길 단념하고 화가가 되려고 장방에 있는 당화(唐畵)를 모조리 내놓고 실로 열심히 그림을 배워 본 일도 있었다. 그러나 세월은 12세의 소년으로 하여금 그 인재에 대한 연연한 마음을 팽개치게 하였으니 내가 배우던 중용, 대학은 물리니 화학이니 하는 것으로 바뀌고 하는 동안 그야말로 살풍경의 10년이 지나갔었다.

혁신유림의 꿈

그야말로 살풍경이 펼쳐진 10년이었다. 조부의 별세 이후 육사가 도산공립보통학교에서 신학문을 익히고 졸업반이 되었을 때 3·1운동이 일어났다. 당시 안동에서도 여러 차례 시위가 있었고, 일제의 강경한 진압으로 희생자가 많이 발생했으며, 도산공립보통학교가 있던 예안면에서는 현직 면장이 가담한 대규모 시위가 벌어지기도 했기에 15세의 육사는 어떤 식으로든 만세운동에 참여했거나 영향을 받았을 것이다.

육사가 직접적으로 3·1운동에 대해 언급한 자료는 없지만, 현해탄을 건널 때 3·1독립선언서를 모두 외워서 갔다는 이야기는 친척들 사이에 전해지고 있다. 그걸 어떻게 다 외울 수 있겠느냐고 말하는 사람들도 있지만 육사의 외동딸인 이옥비 여사는 육사가 어릴 적부터 한학을 외우며 공부했으니 충분히 가능했을 것이라고 말한다. 선언서를 직접 들고 가면 붙잡힐 테니 외워서 그곳 유학생들 앞에서 낭송하고, 그 취지를 일본인들에게도 직접 들려주려고 했다는 것이다.

3·1독립선언서는 단순히 우리의 권리를 되찾는 것을 넘어서 일본 정치가들을 바로 잡아 떳떳한 길로 이끌기 위해서라도 독립이 필요하다고 말하고 있다. 제국의 이익만 챙기려 할 뿐 다른 나라와의 협력이나 다른 민족과의 평화는 전혀 생각하지 않는 일본을 향해 올바른 세상으로 가자고 외치는 것은 전통적인 선비의 자세였다.

선비의 삶은 군자가 되고자 하는 것인데, 군자는 의리를 따르고 소인은 이익을 따른다. 그러니까 일제는 이익만을 따르는 소인 중의 소인인 것이었다. 그 소인을 일깨우기 위해 육사는 3·1독립선언서를 머릿속에 새겨넣었다. 어쩌면 15세 때부터 20세에 이르기까지 읽고 또 읽으며 저절로 외우게 되었을지도 모른다.

하지만 일본 도쿄에서 그를 기다린 것은 간토대지진이 지나가고 난 뒤의 전쟁터 같은 풍경이었다. 지진으로 인한 혼란과 분노 속에 죄 없는 조선인들을 학살했던 일본인들은 여전히 조선인을 괴롭히며 극심히 차별하고 있었다.

일본을 원망하지 않고 함께 평화의 길로 가고자 했던 3·1독립선언서의 다짐은 조선인에 대한 증오와 헛소문, 멸시와 학대 앞에서 무색했을 것이다. 육사는 몇몇 학교와 몇몇 단체를 전전하다가 유학 생활을 1년도 하지 못하고 돌아왔다. 평화롭게 독립선언문을 낭송하고 만세를 외쳐본들 그들은 결코 달라지지 않았을 것이다.

일제는 3·1운동 이후 기존의 무단 통치 방식을 버리고 문화 통치를 시작했다. 언론과 집회를 허가하고 교육의 기회도 확대하는 등 유화 정책을 펼쳤지만 한국인들의 불만을 무마하기 위한 기만적인 통치일 뿐이었다. 식민지를 향한 제국의 시선은 전혀 달라지지 않았으니 그 본질을 육사는 일본에서 직접 체험한 셈이었다.

3·1운동으로 수립된 임시정부는 대한제국을 계승하여 나라 이름을 '대한'이라 하였으나 '제국'이 아닌 '민국'을 내세웠다. 왕정시대를 끝내고 공화정시대로 나아간 것이다. 그러나 한국인은 국내에서도 일본에서도 차별과 억압 속에서 고통받아야 했다. 육사는 빼앗긴 주권을 되찾기 전에는 결코 인간다운 삶을 영위할 수 없다는 사실을 짧은 유학 기간에 절실히 깨달았을 것이다.

육사의 시 중에는 국권 피탈을 '일식(日蝕)'에 비유한 듯한 작품이 있다. 실제로 1910년 5월에 망국의 흉조인 양 개기 일식이 일어났다고 한다. 육사의 나이가 여섯 살 때였다. 그리고 스무 살이 되어 식민제국의 땅으로 가서 종속국의 위상을 실감했을 때, 미래에 발표하게 될 이 시가 잉태되었을지도 모를 일이다.

일식(日蝕)

쟁반에 먹물을 담아 비쳐본 어린 날
불개는 그만 하나밖에 없는 내 날을 먹었다

날과 땅이 한줄 우에 돈다는 고 순간만이라도
차라리 헛말이기를 밤마다 정녕 빌어도 보았다

마침내 가슴은 동굴보다 어두워 설레인고녀
다만 한 봉오리 피려는 장미 벌레가 좀 치렸다

그래서 더 예쁘고 진정 덧없지 아니하냐
또 어데 다른 하늘을 얻어 이슬 젖은 별빛에 가꾸련다.

『문장』 1940년 5월

육사는 황국 신민화 정책이 강화되던 민족 말살 통치 시기에 30년 전의 일식을 기억하며 시를 썼다. 일제 경찰의 요시찰(要視察) 인물이 되어 독립운동에 제약을 받게 되자 육사는 시를 통해 독립의 의지와 열망을 표현하게 되었는데, 1940년은 가장 활발한 창작 활동을 했던 때였다. 힘든 시기에 그를 일깨우고 위로한 것은 어린 시절의 기억들이었을 것이다.

유가에서 태어나 근대적인 지식과 학문을 습득한 육사는 말하자면 과도기의 지식인이었다. 그의 시는 한시의 영향을 받은 전통적인 형태를 보이지만 그의 산문에는 서구적인 지식의 단편들이 자유롭게 펼쳐져 있다. 신구의 교양이 공존하는데도 두 세계가 자연스레 하나의 길로 만나서 흘러가는 듯 느껴지기에 그가 자라난 문화적 환경에 관심이 갈 수밖에 없다.

육사의 고향인 안동에서는 국권 피탈 직후 순절자가 가장 많이 나왔고 독립유공자를 가장 많이 배출했다. 대의명분을 중시하는 유림의 전통과 문화가 그 토양일 것인데, 학문적으로는 퇴계 학통이라는 공동체 의식이 가장 큰 영향을 미쳤다.

오늘날에 유교는 격식에만 얽매이는 고루하고 보수적인 이미지로 왜곡되었지만, 퇴계 유학의 근본이 살아있던 20세기 초까지 정통 유학은 인(仁)과 의(義)를 소중히 여기는 가장 민본적이고 민주적인 사상이었다. 그러므로 퇴계의 학풍이 계승되던 안동에서 변화에 적극적이고 능동적으로 대처하는 이가 많이 나온 것은 당연한 일이다.

조선 말기에 안동 지역에서 서양의 신문화와 신사상을 받아들인 유림을 오늘날 학계에서는 혁신유림이라고 부른다. 위정척사운동과 의병운동을 전개하던 안동의 유림이 혁구종신(革舊從新) 열심교육(熱心教育)의 기치로 본격적인 계몽운동을 시작하며 혁신유림으로 전환한 것이 1904년이었다. 그해에 태어난 육사는 당연히 그들로부터 직접적인 영향을 받았다.

혁신유림은 보수를 뚫고 혁신으로 나아가면서 개화와 계몽운동에 앞장서고 독립운동을 통해 근대화에 앞장섰던 사상가들이었다. 조국의 위기 상황에서 분연히 일어나 시대의 흐름을 앞서가며 자신을 개혁했던 혁신유림에게 독립운동은 유교적 이상을 구현하기 위한 방법이기도 했다.

이러한 혁신유림이 주인공이 된 안동의 독립운동은 다른 지역과 구별되는 특징들이 있는데 농민운동이나 노동운동에 적극적으로 참여한 것도 그중의 하나다. 당시 다른 지역의 소작인 운동이나 노동운동은 하층 계급인들이 주도하였지만 안동에서는 양반 유림 출신들이 앞장서서 일본인 지주나 친일 지주에 대항했다. 육사가 난징의 군관학교 재학 시절에 노동운동에 큰 관심을 보였던 것도 이와 무관하지 않을 것이다.

육사가 일본 유학 시절에 아나키즘 단체에 관여했던 것도 마찬가지다. 혁신유림은 유교적 이상 사회를 하나의 유토피아로 꿈꾸는 과정에서 사회주의나 공산주의 운동가 혹은 아나키스트로서 항일 활동을 벌이기도 했기 때문이다. 물론 일제강점기의 아나키즘은 무정부주의라기보다는 강제적 식민지 권력을 부정하는 독립운동의 이념으로 보아야 한다.

혁신유림의 또다른 중요한 축은 선영과 문전옥답을 버리고 험난한 망명길에 오른 이들이다. 국권을 피탈당했던 1910년 겨울에 일가족을 이끌고 압록강을 건넜던 석주 이상룡, 백하 김대락 등의 안동 명문대가들은 만주에서 집단촌을 건설하고 항일 무장 투쟁의 선봉 역할을 한다. 서간도에 먼저 와서 자리 잡고 있던 우당 이회영 가문의 형제들과 함께 신흥무관학교를 설립하고 독립운동 기지의 건설에 힘을 모았다.

신흥무관학교의 졸업생들은 청산리전투와 봉오동전투의 주역이 되었고 의열단과 광복군까지 이어져 독립운동사에서 중요한 역할을 하게 된다. 육사도 의열단이 설립한 군관학교를 졸업했으므로 이 흐름에 이어져 있다.

일본에서 만난 아나키즘

육사는 1924년 4월 학기에 맞추어 일본으로 유학을 떠났다. 경찰 기록에는 육사가 도쿄세이소쿠(東京正則) 예비학교와 니혼대학(日本大學) 문과 전문부를 다니다가 건강 문제로 퇴학한 것으로 되어 있고, 검찰 신문 조서에는 그가 킨죠우(錦城) 고등 예비학교에 1년간 재학한 것으로 되어 있다. 1925년 1월에 귀국했으니 1년이 되지 않는 기간에 이러한 기록들 속의 학교를 모두 제대로 다니기는 불가능한 일이다.

육사와 관련된 기록들은 대체로 불명확하고 제대로 남아 있지 않은 경우가 많다. 독립운동가들은 기본적으로 비밀스럽게 활동했으므로 뚜렷한 기록을 남길 수 없었다. 육사는 군관학교 졸업 직후에 발각되어 일경의 요시찰 인물이 되었으므로 더욱 그렇다. 일제가 작성한 심문조서 등에 남아 있는 기록은 본인이 정직하게 답변하지 않은 경우일 가능성도 크다.

그가 의열단원이었다는 사실도 아직까지 명확히 밝혀지지 않았다. 의열단이 설립한 군관학교를 졸업하기는 했으나 의열단원이라고 확정할 수는 없는 것이다. 지금까지 밝혀진 의열단 명단에는 육사의 이름이 없다. 그러나 의열단은 비밀결사 조직이었기에 단원을 모두 드러내지는 않았을 것이다.

1924년 1월 5일, 의열단원 김지섭이 도쿄의 황궁 앞에 폭탄을 투척하는 거사를 벌였다. 육사가 일본에 도착하기 3개월 전이었다. 안동 출신인 김지섭은 간토대지진 때 일본인들에게 학살당한 동포들의 원수를 갚기 위해 폭탄을 던졌다고 했다. 육사가 의열 투쟁에 관심을 갖는 계기가 될 만한 사건이었다.

아나키즘에 대해서도 마찬가지다. 육사는 일본에서 박열이 이끄는 아나키스트 모임인 흑우회(黑友會)의 회원으로 활동한 것으로 알려져 있다. 그러나 이것 역시 명확한 기록은 없고 다른 사람의 증언만 있을 뿐이다. 항일 아나키스트들이 의열단에 많이 참여했으므로 연관성이 보이기도 한다. 무엇보다도 반지배와 반권력을 추구하는 아나키즘 사상은 스무 살의 식민지 청년을 매혹시켰을 것이다.

'누구도 나를 억압할 수 없다'는 인간의 보편적 생각을 바탕에 둔 아나키즘은 개인주의에 가까운 이념이지만, 우리의 독립운동사에서는 아나키스트가 사회주의 항일 무장 투쟁에 등장한다. 그러므로 사회주의 계열의 독립운동가인 육사는 일본 유학 시절에 아나키즘과 마르크스·레닌주의를 처음 접했을 가능성이 높다.

짧은 유학 기간이었지만 육사는 일본에서 여러 사상을 접하고 여러 경험을 했을 것이다. 무엇보다도 스무 살은 그 모든 것을 민감하게 흡수할 수 있는 나이였다. 수필 「계절의 오행」에서 그는 고향집 앞을 흘러가는 낙동강을 묘사한 뒤 이렇게 적었다.

그때 나는 그 물소리를 따라 어디든지 가고 싶은 마음을 참을 수 없어 동해를 건넜고, 어느 사이 『플루타크 영웅전』도 읽고, 『시저』나 『나폴레옹』을 다 읽은 때는 모두 가을이었습니다마는 눈물이 무엇입니까, 얼마 안 있어 국화가 만발한 화단도 나는 잃었고 내 요람도 고목에 걸린 거미줄처럼 날려 보냈나이다.

그리고 나는 지주(蜘蛛: 거미)가 되었나이다. 누가 지주를 천재라고 하였나이까? 그놈은 사람이 보이지 않는 동안 그 작은 날파리나 부드러운 나비 나래를 말아 올리고도 모른척하고 창공을 쳐다보는 것은 위선자입니다. 그놈을 제법 황혼의 세스토프라는 말은 더욱 빈말입니다. 그 주제에 사색을 통일하려는 듯한 얼굴은 멀쩡한 배덕자입니다. 두고 보시오. 그놈은 제 들어갈 구멍을 보살피는 게 아마 바람결을 꺼리는 겝니다. 하늘이 푸르지 않습니까.

동해를 건넜다는 말은 일본 유학을 일컫는 것이니, 책을 다 읽은 가을에 화단도 잃고 요람도 날려 보내고 거미가 되었다는 이야기는 가슴을 먹먹하게 한다. 기대를 품고 떠났던 일본 유학에서 여러 이상적인 사상들을 만났지만, 조선인의 비참한 현실 속에서 거미가 되었다고 고백하는 식민지 청년의 고뇌가 느껴진다.

거미는 육사의 시에서 비밀리에 활동하는 독립운동가의 상징으로도 등장한다. 그 시절에는 땅 위의 국경을 넘기 힘들 때는 압록강을 건너 만주로 가거나 서해를 건너 중국으로 갔다. 그들은 정상적인 항구나 뱃길을 이용할 수 없어서 중국 범선 '정크'의 바닥에 숨어서 밀항했고, 목적지에 도착하더라도 비밀스럽게 거미처럼 기어서 육지에 올라야 했다. 이러한 독립운동가의 지친 마음을 그려낸 「노정기」라는 시를 읽어보자.

노정기(路程記)

목숨이란 마-치 깨여진 배쪼각

여기저기 흩어져 마을이 한 구죽죽한 어촌보다 어설프고

삶의 티끌만 오래 묵은 포범(布帆)처럼 달아 매였다

남들은 기뻤다는 젊은 날이었건만

밤마다 내 꿈은 서해를 밀항하는 쩡크와 같애

소금에 절고 조수에 부풀어올랐다

항상 흐릿한 밤 암초를 벗어나면 태풍과 싸워가고

전설에 읽어본 산호도는 구경도 못하는

그곳은 남십자성이 비쳐주도 않았다

쫓기는 마음! 지친 몸이길래

그리운 지평선을 한숨에 기오르면

시궁치는 열대식물처럼 발목을 오여쌌다

새벽 밀물에 밀려온 거미인 양

다 삭아 빠진 소라 깍질에 나는 붙어 왔다.

머-ㄴ 항구의 노정(路程)에 흘러간 생활을 들여다보며

『자오선』 1937년 12월

이 시를 발표했을 때 육사는 33세였다. 쫓기는 마음과 지친 몸으로도 결코 포기할 수 없는 노정, 그것은 일본군이 퇴계 종택에 불을 질렀던 세 살 때 피난길부터 이어져 온 30년 떠돌이의 길이었다. 「노정기」는 일제의 검열을 피해서 독립운동가들의 비밀스러운 세계를 보여주는 시라고 할 수 있다.

깨여진 배쪼각, 발목을 오여싸는 시궁치, 새벽 밀물에 밀려온 거미, 다 삭아 빠진 소라 깍질…. 눈앞에 보이는 듯, 손에 만져지는 듯, 생생하게 떠오르는 이미지를 통해 우리는 떠돌이가 된 식민지 백성의 처지에 공감할 수 있다. 지금의 관점으로 보자면, 정착할 곳을 잃어버린 현대인들의 심리적 상실감으로 이 시를 읽을 수도 있겠다.

육사의 독립운동 행적은 명확히 남아 있지 않지만, 그가 남긴 시와 산문에는 그의 마음과 행동이 스며들어 있으니 우리는 작품을 통해 육사의 삶에 접근해 들어갈 수 있다. 시의 경우에는 해석의 다양성과 확장성이 열려 있으므로 누구나 자신의 처지에서 육사의 마음과 행동에 공감하고 공명할 수 있을 것이다.

그런 의미에서 「노정기」는 육사의 인생 노정을 그려낸 작품일 뿐만 아니라 시를 읽는 이들이 저마다의 인생에서 끝까지 포기할 수 없는 어떤 노정을 생각하게 하는 작품이다. 그렇게 오늘날에도 유효한 생명력을 지니고 있기에 육사의 시는 그의 행동을 넘어서 오늘날까지 우리 곁에 살아 숨쉬게 된 것이리라.

2장

밤마다 내 꿈은
서해를 밀항하는

대륙을 향하여

일본 유학에서 돌아온 1925년부터 육사는 독립운동의 길에 발을 내딛게 된다. 당시 항일 문화운동의 거점이었던 대구 조양회관을 중심으로 청년단체 등을 통해 민족계몽운동에 참여한 것이다. 이 발걸음에는 형 원기와 동생 원일도 함께했다.

그리고 이듬해부터는 파리장서운동의 최연소 서명자인 이정기 등과 함께 독립운동 자금을 모금하기 위해 중국 베이징을 드나들기 시작했다. 일본에서 아나키즘 등의 사상을 접하고 간토대지진 이후 핍박받는 동포 사회를 목격하면서 모색했던 길을 그때부터 실천에 옮긴 것이다.

육사는 그 무렵 한동안 중국에 머물며 공부하기도 했다. 베이징에 있는 쭝구어대학(中國大學) 상과와 베이징대학 사회학과를 다녔다는 기록들이 있지만, 기간과 세부 사실을 구체적으로 확정하기는 힘들다.

그는 일본 경찰에게 쭝구어대학에 진학한 때를 1925년과 1926년으로 말했다. 학과도 사회학과와 상과로 달리 말했다. 쭝구어대학은 1949년 중화인민공화국이 들어서면서 학교가 문을 닫아 학적부를 확인할 수 없다. 베이징대학에서의 유학 시절은 수필 「계절의 오행」에 Y 교수와의 추억으로 일부 서술되어 있는데, 청강생 신분이었을 가능성이 높다.

육사가 서울에서 시인으로 활동하기 시작한 1930년대 중반에 문단에서 중국 문학가로 알려진 것도 이 시기의 유학 경험과 관련 있을 것이다. 그는 1936년 중국의 대문호인 루쉰이 사망하자 그해 10월 『조선일보』에 「노신 추도문」을 연재했고, 루쉰의 소설 「고향」을 『조광』 12월호에 번역하여 신기도 했다. 「고향」의 마지막 구절은 이러하다.

생각하면 희망이라는 것은 대체 '있다'고도 말할 수 없고 또는 '없다'고도 말할 수 없는 것이다. 그것은 마치 지상에 길과 같은 것이다. 길은 본래부터 지상에 있는 것은 아니다. 왕래하는 사람이 많아지면 그때 길은 스스로 나게 되는 것이다.

육사에게는 중국 유학도 하나의 새로운 길이었을 것이다. 근대적 문물과 문화를 배우기 위해 일본으로 갔던 대다수의 조선 청년과 달리 육사는 일본 유학을 중단하고 중국으로 갔다. 신채호와 심훈, 그리고 육사는 중국 유학이라는 새로운 길을 걸어가면서 희망을 꿈꾼 사람들이다.

그것은 무조건 서양 문물을 좇는 반봉건주의가 아니라 우리 문화를 지키면서 외세의 개입을 반대하는 길이었다. 반제국주의 투쟁에 중국과 뜻을 같이하는 길이었다. 무엇보다도 중국에는 대한민국 임시정부와 여러 독립운동 단체가 있었다. 육사가 수시로 중국 대륙으로 향했던 것은, 단지 한학에 익숙한 이유에서만은 아니었다.

그렇게 중국과 대구를 오가며 활동하던 육사는 느닷없이 경찰에게 끌려가 감옥에 갇히게 된다. 일명 '장진홍 의거'라 일컬어지는 조선은행 대구지점 폭탄 투척 사건 때문이었다.

1927년 10월 18일, 조선은행 대구지점에 신문지에 싸인 커다란 상자가 배달되었다. 은행 직원이 상자에서 화약 냄새가 나는 것을 수상히 여겨 신고했는데, 경찰이 달려와 살펴보는 도중에 엄청난 폭음을 내며 폭탄이 터졌다. 연기가 치솟고 은행 유리창이 깨지면서 파편이 먼 곳까지 날아갔다. 다친 사람은 일본인이거나 그들을 돕는 한국인이었다.

그날 대구에선 신문 호외가 뿌려지고, 일경의 호루라기 소리가 온종일 요란했다. 경찰은 범인을 잡기 위해 온갖 노력을 다했지만 아무런 증거를 찾지 못했다. 그래서 경북을 중심으로 활동하는 독립운동가들과 항일운동을 하는 청년들을 대거 잡아들였다.

육사는 형 원기와 동생 원일, 원조와 함께 끌려갔다. 이후로 평생 이어진 체포와 투옥의 시작이었다. 진범인 장진홍 의사는 오사카로 피신했는데 다급해진 경찰은 육사의 형제들을 범인으로 엮으려고 끼워 맞추기식 수사를 벌였다. 폭탄 상자에 적힌 글씨가 이원일의 필체와 같다면서 야만적 고문을 하며 자백을 강요했다.

당시 독립운동가들이 경찰서나 법원 같은 일제의 식민통치기관을 폭파하고 일본인이나 매국노에게 총을 쏘는 의열 투쟁을 하고 있었지만, 장진홍 의거는 육사가 직접 관여한 일이 아니었다. 하지만 육사가 중국을 오가며 모금을 도왔던 독립운동 자금이 폭탄이나 총을 구입하는 데 쓰였다면 조선은행 대구지점 폭탄 사건도 그와 전혀 무관한 일이 아닐 것이었다. 그래서 이 무렵 육사의 형제들이 의열단에 가입했다고 알려지기도 했다.

의열단은 약산 김원봉이 이끌었던, 대표적인 의열 투쟁 단체로서 1919년 11월에 설립되었다. 3·1운동 직후의 비

폭력투쟁에 대해 불만을 가진 청년들이 모여서 암살과 파괴라는 과격한 방법으로 독립운동을 펼쳐나갔다.

정규전을 할 수 없는 상황에서 전개된 의열 투쟁은 국권을 회복하기 위해 자신을 던진 정의의 실현이었으므로 테러와는 다르게 보아야 한다. 의열단은 공약 제1조인 '천하의 정의로운 일을 맹렬히 실행한다'로 정의의 가치를 내세웠다. 의열 투쟁은 암살이나 파괴 그 자체가 목적이 아니라 의거를 통해 우리 민족의 독립 의지와 일본 제국주의의 악행을 널리 알리는 것이 가장 중요했다.

의열단원들은 조선총독부(1921년, 김익상), 종로경찰서(1923년, 김상옥), 동양척식주식회사(1926년, 나석주) 등에 연이어 폭탄을 던졌다. 그러나 개별적인 폭력 투쟁의 한계를 느끼면서 조직적인 무장 독립전쟁을 준비하는 것으로 방향으로 바꾸었다. 그 실천 방법 중의 하나로 설립한 군관학교에 육사가 입학한 해가 1932년이었으니 '장진홍 의거' 때까지는 아직 의열단과 관련이 없었을 가능성이 크다. 육사가 의열단 핵심 멤버인 윤세주를 만난 것도 대구형무소에서 출옥한 이후의 일이다.

수인번호 264

조선은행 대구지점 폭탄 사건으로 육사는 대구형무소에 수감되었다. 이때 그의 수인번호가 264였다. 이육사, 바로 그 이름의 시작이었다. 증거불충분으로 풀려날 때까지 1년 7개월 동안 그는 이원록이라는 이름이 아니라 이육사라는 수인번호로 불린 죄수였다.

간수가 이육사를 외칠 때마다 그는 감옥에서 고문실로 향했다. 일제는 처음에는 누가 폭탄을 던졌는지 알아내려고, 나중에는 없는 범인을 만들어내려고 갖은 고문을 했다. 어린 두 동생을 제외한 육사의 형제들은 함께 대구형무소에 갇혔는데, 서로 자기 죄라고 우기며 "나를 고문하라"라면서 일경에게 대들었다고 한다.

거듭된 고문으로 죄수복은 피로 물들었다. 어머니는 피걸레가 된 그 옷을 받아내고 새 옷을 넣어주며 아들들을 응원했다. 육사의 어머니는 늘 "내 죽거든 울지 마라. 나라 잃은 백성은 부모 죽음에 눈물 흘릴 자격이 없다."라고 말했다고 한다. 육사의 자서전적 수필인 「계절의 오행」이 '눈물을 흘리지 않는 사람이 되리라고 배워 온 것이 세 살 때부터 버릇이었나이다.'로 시작되는 것은 그런 까닭일 것이다.

이때 겪은 모질고 혹독한 옥살이로 육사는 건강이 나빠져 폐질환을 앓게 되었고 여러 차례 병상에서 지내거나 요양하게 되었다. 이후로 감옥에 갇히거나 투병할 때마다 그는 다시금 수인번호가 264였던 시절을 떠올렸을 것이다. 그 시절의 기억을 되살려 시를 쓰기도 했을 것이다.

육사의 시 중에는 어둠 속에서 살아가는 우리 민족의

상황을 박쥐에 빗대어 표현한 작품이 있다. 영화롭던 역사를 가진 민족이 동굴에 매달려 살아가는 박쥐처럼 어두운 현실에 처한 것을 안타까워하는 내용인데, 한자어로 박쥐를 뜻하는 '편복'을 제목으로 삼았다.

편복(蝙蝠)

광명을 배반한 아득한 동굴에서
다 썩은 들보와 무너진 성채 위 너 홀로 돌아다니는
가엾은 빡쥐여! 어둠에 왕자여!
쥐는 너를 버리고 부자집 고(庫)간으로 도망했고
대붕(大鵬)도 북해로 날아간 지 이미 오래거늘
검은 세기의 상장(喪裝)이 갈갈이 찢어질 긴 동안
비둘기 같은 사랑을 한번도 속삭여 보지도 못한
가엾은 빡쥐여! 고독한 유령이여!

앵무와 함께 종알대어보지도 못하고
딱따구리처럼 고목을 쪼아 울리도 못하거니

마노보다 노란 눈깔은 유전(遺傳)을 원망한들 무엇하랴
서러운 주문(呪文)일사 못 외일 고민의 이빨을 갈며
종족과 홰를 잃어도 갈 곳조차 없는
가엾은 빡쥐여! 영원한 보헤미안의 넋이여!

제 정열에 못 이겨 타서 죽는 불사조는 아닐 망정
공산(空山) 잠긴 달에 울어 새는 두견새 흘리는 피는
그래도 사람의 심금을 흔들어 눈물을 짜내지 않는가?
날카로운 발톱이 암사슴의 연한 간을 노려도 봤을
너의 먼-ㄴ 조선(祖先)의 영화롭던 한 시절 역사도
이제는 아이누의 가계(家系)와도 같이 서러워라.
가엾은 빡쥐여! 멸망하는 겨레여!

운명의 제단에 가늘게 타는 향불마저 꺼졌거든
그 많은 새짐승에 빌붙일 애교(愛嬌)라도 가졌단 말가?
상금조(胡琴鳥)처럼 고흔 뺨을 채롱에 팔지도 못하는 너는
한 토막 꿈조차 못 꾸고 다시 동굴로 돌아가거니
가엾은 빡쥐여! 검은 화석의 요정이여!

「편복」은 광복 직후에 발간된 『육사 시집』이 출판사를 바꾸어 1956년에 재발간될 때 추가로 수록되었다. 1974년 『나라 사랑 16집』에 처음 공개된 「바다의 마음」과 더불어 육사의 친필로 남아 있는 귀한 작품이다.

2018년에 국가등록문화재 제713호로 지정된 「편복」의 육필 원고는 급하게 휘몰아치듯 쓴 글씨가 인상적이다. 같은 해 국가등록문화재 제738호로 지정된 「바다의 마음」이 원고지에 차분하게 쓰인 것과 비교된다. 급박한 상황, 혹은 솟아오르는 분노가 녹아 있는 듯한 필체는 각 연의 마지막에 영탄법으로 박쥐를 부르는 시의 안타까움을 고조시킨다.

「편복」은 1937년경에 쓰인 것으로 추정되는데 당시 일제는 사전 검열을 통해 「편복」의 출판을 승인하지 않았다. 출판을 불허한 이유를 '조선 민족의 현실을 허구, 그러니까 사실에 없는 일인데 사실처럼 꾸몄고, 개탄하고 있으므로 삭제'라고 밝혔다.

동굴의 어둠과 가엾은 박쥐는 일제 강점기 우리 민족의 절망을 비유하지만, 육사는 그것을 단순히 비극적으로만 표현하는 데 그치지 않는다. 거듭되는 영탄법을 통해 참혹한 현실을 일깨우면서도 한편으로는 그 현실을 뚫고 나아가라고 명령하는 듯하다. 대구형무소에서 얻은 264라는 죄수 번호를 필명으로 삼아 평생 되새긴 뜻도 이에 맞닿아 있다.

영문도 모른 채 감옥에 갇힌 23세의 청년은 많은 생각을 했을 것이다. 죄 없이 갇혔다고 억울해 하기엔 나라 잃은 죄가 너무 크다는 생각이 들었을지도 모른다. 육사의 할아버지는 나라를 잃었으니 좋은 옷과 좋은 음식을 멀리 하라 하셨고 어머니는 나라를 되찾기 전까지는 울지 말라 하셨다.

세상 돌아가는 일을 알지 못해 나라를 잃은 죄, 힘이 없어 나라를 빼앗긴 죄, 힘을 합치지 못해 계속 이렇게 살아가는 죄…. 그 죄를 받아들이듯 육사는 죄수 번호 264를 무겁게 받아들였을 것이다. 그리고 나라를 되찾는 그날까지 이육사로 살아가기로 다짐했을 것이다.

육사는 감옥에서 나온 뒤 본격적으로 독립운동에 뛰어들었다. 한국인들 중에서 좀 더 배웠다는 이유로, 좀 더 민족을 생각한다는 이유로 무조건 잡혀 들어가 고문을 당했던 경험 때문에 오히려 그는 더욱 적극적인 행동을 하게 되었다. 이후로 계속된 체포, 구속, 투옥은 무려 17번에 이른다고 알려져 있다.

그래서 17이라는 숫자는 264와 함께 육사를 상징하는 숫자가 되었다. 하지만 대구형무소에 들어갈 때 육사의 나이가 23세였으니 40세에 순국할 때까지 17년 동안 17회 투옥은 상식적으로 과도한 숫자인 듯하다.

처음 이 숫자를 공식적으로 밝힌 사람은 육사의 장조카인데, 집안에서 전해지는 이야기로는 27회와 17회가 있었다고 한다. 그러나 27회는 근거를 찾을 수 없어 17회로 기록하였으나 이조차도 근거는 충분하지 않다. 아마도 육사 형제들이 일경에 붙잡혀간 기록을 모두 합한 것이거나 요시찰인으로서 예비 검속 차원의 조사를 당한 것까지 포함한 횟수가 전해진 것 같다.

그러므로 17번의 투옥 횟수는 「청포도」에 등장하는 "이 마을 전설이 주저리주저리 열리고"라는 구절처럼 육사와 형제들의 행적이 전설처럼 전해지며 상징화된 숫자로 받아들이면 되겠다. 툭하면 붙들려가서 조사를 받는 과정에서 괴롭힘을 당한 횟수나 고문의 강도를 어떻게 모두 숫자로 계량화해서 기록할 수 있겠는가.

줄리언 반스는 소설 속 인물을 통해 "역사는 부정확한 기억이 불충분한 문서와 만나는 지점에서 빚어지는 확신"이라고 말했다. 문학이란, 그 부정확한 기억마저도 모두 남겨 기록하는 것이 아닌가 싶다. 그리고 부정확하고 희미한 것들의 '마음'을 새겨두는 것은 바로 '시'가 아닐지.

첫 번째 옥고를 치르고 나온 이후부터 죽음에 이르기까지 15년. 그 고난의 시간 속에는 육사의 시와 산문이 있었다. 그의 행적이 남아 있는 문서는 불충분해도 그의 마음은 문학 속에 충분히 새겨져 있다.

자, 그러니 우리는 이제부터 그의 마음을 읽어보기로 하자. 부모로부터 받은 이름 '이원록'을 두고 스스로 '이육사'가 되었던 한 남자의 진짜 이야기는 여기서부터 시작된다. 수인번호 264가 새겨진 죄수복을 벗고, 대구형무소를 나서는 순간부터.

육사(六四)에서 육사(陸史)로

육사의 본명은 이원록(李源祿)이다. 자(字)는 태경(台卿)이며, 어릴 때 이름은 원삼(源三)이었다. 영천 백학학원 동기생들이 그의 이름을 이원삼으로 기억할 정도로 청소년 시절까지는 그 이름을 썼다. 그리고 20대 초반에 중국으로 유학할 때부터 이활(李活)이라는 이름을 쓰기 시작했다.

대구형무소를 나온 뒤 6개월이 지나 면소 판결까지 받은 직후, 1930년 새해가 시작되자 그는 이활이라는 이름으로 시 한 편을 발표한다. 육사의 첫 시로 알려진 「말」이라는 이 작품은 1월 3일 자 『조선일보』에 실렸다. 1930년은 경오(庚午)년으로 말의 해였다. 경(庚)은 금(金)을 의미하므로 하얀 말, 즉 백말띠의 아이들이 태어나는 해를 맞이하여 육사는 "새해에 소리칠 흰말이여!"로 끝나는 시를 쓴 것이었다.

이 작품이 육사의 첫 시로 알려진 까닭은 중국 유학 시절부터 썼던 이활이라는 이름 때문이다. 이후로 시나 수필 같은 문예 작품을 발표할 때는 육사라는 필명을 썼지만 시사평론이나 엽서, 편지 등에는 계속해서 이활이라는 이름을 썼다.

그러나 그가 본격적으로 시를 쓰기 시작한 것은 이후로 5년이 지난 뒤였고, 동생 이원조도 유고 시집의 발문에 육사가 '삼십 고개를 넘어서 비로소 시를 쓰기 시작'했다고 썼으므로 「말」은 동명이인의 작품이 아닌가 하는 추정을 해보기도 한다. 게다가 아직 등단도 하지 않은 신인의 작품을 신문사에서 실어줄 리 없다는 주장도 있다.

하지만 앞서 『조선일보』 신춘문예에 2년 연속으로 시와 소설이 당선된 동생의 영향으로 육사도 감옥에서 나와 신춘문예에 응모했을 수 있고, 낙선했더라도 경오년에 어울리는 시라서 1월 3일에 게재했을 수 있다. 또한 동명이인이었다면 그만큼 활발하게 활동한 다른 '이활'이 있어야 할 텐데 그런 시인은 찾아볼 수 없다.

그러한 논란과 상관없이 이 시는 바로 그 무렵 육사의 마음을 대변하고 있는 듯한 내용을 담고 있다. 시의 앞부분에서는 감옥에서 나온 지 얼마 되지 않아 지쳐 있는 화자의 모습처럼 힘없는 말의 모습을 그려내고, 마지막에는 구름을 헤치고 소리치려는 결기를 보여준다.

활(活)이라는 글자를 필명으로 쓴 것 또한 감옥에서 살아나왔으니 다시 활발한 활동을 하겠다는 다짐을 보여주는 것 같다. 그래서 나는 이 시를 읽을 때마다 육사의 마음이 되고 새해의 새 마음이 된다.

말

흐트러진 갈기
후줄근한 눈
밤송이 같은 털
오! 먼길에 지친 말
채찍에 지친 말이여!

수굿한 목통
축 처-진 꼬리
서리에 번적이는 네 굽
오! 구름을 헤치려는 말
새해에 소리칠 흰 말이여!

이 시를 발표하고 일주일이 지난 뒤, 육사는 다시 경찰에 끌려갔다. 1929년 11월부터 시작된 광주 학생항일운동이 확산되며 1930년 1월 대구에서도 동맹휴학 사태가 벌어졌고 일제를 성토하는 격문이 곳곳에 붙었다. 이에 경찰은 예비 검속으로 대구청년동맹 간부였던 이육사를 체포했던 것이다.

광주 학생항일운동은 일본인 남학생이 우리 여학생을 희롱하는 바람에 우리 학생들과 일본인 학생들이 싸우게 된 사건에서 비롯되었다. 그때 일제 경찰은 일본인 학생들 편만 들며 우리 학생들을 처벌하였기 때문에 광주의 학생들이 모두 들고 일어나서 시위를 하게 되었다.

그 시위는 서울로 번졌고 다른 도시로도 번지고 있었으나 아직 대구에서는 시작되지 않고 있었다. 하지만 경찰이 겁을 먹고 미리 육사를 잡아간 것이었으니 뚜렷한 죄가 없는 그는 열흘 만에 풀려날 수 있었다.

그러니까 그들은 경고를 한 셈이었다. 육사를 주의 깊게 살펴보고 있으니 함부로 항일운동을 하지 말라는 경고였다. 3·1운동 이후 정치 단체의 결성을 허가한 것도 사실은 그 단체에 모여드는 사람들을 감시하기 위해서였다.

1930년 2월 18일, 육사는 당시 주요 민간 언론 매체 중의 하나였던 『중외일보』의 대구지국 기자로 임용되어 항일운동과 계몽운동을 활발하게 펼칠 토대를 마련했다. 4

월 19일에는 신간회 대구지회 임시대회에서 신임 집행위원으로 선출되며, 5월 17일의 첫 집행위원회에서는 상무를 맡게 된다.

그러나 기자가 되자마자 육사는 또 대구경찰서에 검속되었다. 이번에는 3·1운동 기념일을 앞두고 또다시 무슨 일이 벌어질까 봐 경찰이 미리 움직인 것이었다. 이번에도 오래 붙잡혀 있지는 않았다. 이처럼 일제는 우리 국민이 점점 깨어나고 함께 움직이는 것에 두려움을 느끼고 있었다.

그런 가운데 장진홍 의사가 옥중에서 자결했다는 소식이 전해졌다. 그는 조선은행 대구지점 폭탄 사건의 진범으로 체포되어 사형을 선고받았을 때 "대한독립만세!"를 외치고 재판관을 향해 의자를 집어던졌는데 결국 1930년 7월 31일에 자결했다.

그를 대신해서 범인으로 몰려 억울한 옥살이를 했던 육사에게 같은 식민지 청년으로서 장진홍 의사의 죽음은 무거운 의미로 다가왔을 것이다. 육사가 수인번호 264를 통해 새로운 이름을 얻었던 대구형무소에서 장진홍 의사는 일제에 의한 사형 대신 스스로 죽음을 선택했다.

그해 10월 육사는 서울에서 발행되는 『별건곤』이라는 잡지에 대구의 사회단체를 소개하는 글을 발표하면서 '대구264(大邱二六四)'라는 필명을 썼다. 대구형무소의 이육사는 그렇게 처음으로 세상에 이름을 내민 것이었다.

이육사는 『중외일보』의 기자 신분으로 대구 지역 사회운동단체의 현황을 조사·분석하면서 "새로운 용자(勇者)여, 어서 많이 나오라"라고 외치는, 「대구 사회단체 개관」이라는 제목의 글을 썼는데 목차에는 이활이라고 적혀 있다. 같은 제목의 글이 한 잡지 안에서 목차와 본문에 각각 다른 이름으로 실리는 것은 매우 드문 경우로, 이는 마치 이활이라는 사람이 '대구264'라는 필명으로 글쓰기를 시작한다는 출사표처럼 보인다.

그다음 달인 11월, 대구 거리에 일본을 배척하는 내용의 격문이 전봇대에 나붙고 거리에 뿌려지는 거사가 일어났다. 이른바 대구 격문 사건의 시작이었다. 1년 전에 일어났던 광주 학생항일운동이 전국적으로 확산되면서 대구에서도 동맹휴학이 거듭되고 있던 때였다.

해가 바뀌어 1931년이 되어도 동맹휴학은 이어졌고, 레닌의 탄생일인 1월 21일에는 또 다시 대구 지역에 격문이 뿌려졌다. 이 사건으로 육사는 2개월 동안 옥고를 치르면서 다시 혹독한 고문에 시달렸다. 『중외일보』 대구지국에 함께 근무하던 동생 원일과 동료 직원들도 같이 붙들려 들어갔던 이때, 육사는 신문 배달원에게 격문을 뿌리라고 지시했다는 혐의를 받았다. 육사가 직접 거리에 격문을 붙이고 일주일 동안 대구 앞산 솔밭에 숨어지냈다는 증언도 있다.

이렇게 시작된 1931년, 27세의 육사는 만주를 드나들기 시작했다. 외삼촌 허규의 독립운동자금 운반을 도왔다는 증언도 있고, 동료들과 베이징으로 가다가 펑티엔으로 향했다는 이야기도 있다. 만주로 망명한 외삼촌 허발이 경영하던 일창 한약방이 독립운동가들의 연락처 구실을 했으므로 육사는 그곳을 자주 오갔는데, 그해 가을에 일어난 만주사변으로 그는 새로운 길을 모색하기 위해 고민을 많이 했을 것이다.

만주는 궁핍한 한인들에게 경제적인 삶의 터전을 제공해 주었고, 항일 활동에 연루되거나 일제 강점에 불만을 지닌 사람들에게는 정치적 피난처이자 항일 투쟁 기지를 제공해 주었다. 그러한 지역에 일제가 만주사변을 일으키고 괴뢰 만주국을 수립해 식민지화하는 모습을 지켜보면서 육사의 마음은 더없이 안타까웠을 것이다.

1931년 5월, 육사도 적극적으로 참여했던 민족 최대의 좌우합작 단체인 신간회가 해체되면서 항일 활동의 영역이 축소되었다. 특히 사회주의 계열의 독립운동가들에게는 합법적인 활동 공간이 사라졌다. 민족해방운동이 새로운 단계로 나아가야 할 시기에 이른 것이다.

그해 8월에 육사는『조선일보』대구지국으로 자리를 옮겼다.『중외일보』가 1931년 9월 2일 종간호를 내고 문을 닫는 것에 따른 이동이었다. 당시에 지방에서 활동하던 기자들은 곳곳에서 언론을 통해 일제에 맞서고 있었다. 그래서 일제 경찰은 지방 주재 기자들의 행동을 예의 주시했는데, 육사는 그중에서도 특히 감시 대상에 들어 있는, 최고 경계 대상 인물이었다.

1932년 1월, 육사는 대구지국 기자로서 『조선일보』에 「대구의 자랑 약령시의 유래」를 네 차례로 나누어 실었다. 기자가 되고 나서 첫 기명 기사였는데, 이때 필명을 육사생(肉瀉生)이라 썼다. 고기 육(肉), 설사할 사(瀉). '고기를 먹고 설사한다'는 뜻이다.

육사라는 한자를 숫자 그대로 쓰지 않고 음역하기 시작하면서 처음 새겨넣은 뜻인데, 식민지 세상을 비웃고 조롱하는 마음이 담겨 있다. 일제 식민지에서 영원한 죄인으로 살아가고 있다는 자조 섞인 웃음이 담긴 이름으로도 읽힌다. 그러나 그 웃음 뒤에는 나라를 잃고 치욕스럽게 살아가는 울화병과 일제의 통치에 저항하는 마음이 느껴진다.

이어서 3월에는 『조선일보』에 이활이라는 이름으로 시사평론과 기사를 실었으나, 이듬해 4월 『대중』 창간호에서는 이육사(李戮史)라는 이름을 사용했다. 이번에는 '죽일 육(戮)'과 '역사 사(史)'를 써서 '역사를 도륙한다'는 뜻을 담았는데, '게재되지 못한 글 목록'에 이름과 함께 「레닌주의 철학의 임무」라는 제목만 실린 것이었다. "다음의 원고는 실리지 못한다. 그 이유는 동무들의 경험으로 추측하라"는 발행사의 말이 붙어 있었다.

역사를 죽인다는 의미의 육사를 처음 쓴 것은 그보다 앞선 1931년에서 32년쯤으로 알려지고 있다. 연이은 투옥과 고문으로 쇠약해진 몸을 요양하러 갔던 포항의 친척집에서 매화 그림을 그린 뒤 육사(戮史)라고 썼다는 것이다. 소년 시절에 대구에서 서화가로 유명한 석재 서병오로부터 그림을 배웠던 육사는 글씨와 그림 솜씨가 뛰어났다. 그 아름다운 매화 그림에 섬 한 이름을 써놓은 것을 본 친척 어른 이영우는 점잖게 타일렀다.

"역사를 죽인다는 표현은 혁명을 일으키겠다는 말이 아

닌가? 뜻이 너무 노골적으로 드러나니 같은 뜻을 가지면서도 온건한 표현이 되는 '땅 육(陸)' 자를 써라. 우리 옥편이나 일본 한자사전에 나와 있지 않지만 중국 자전에는 '죽일 육(戮)' 자와 같은 의미로 쓰인다."

그의 말을 받아들인 듯 육사는 1932년에 중국 난징에서 군관학교에 들어갈 때 육사(陸史)라는 이름을 쓴다. 하지만 졸업 후 1933년에는 앞서 말한 『대중』 창간호에 이육사(李戮史)라는 이름을 사용했고, 1934년에 육촌동생이 보낸 엽서에 받는 사람의 이름이 이선생육사활(李先生李戮史活)로 적혀 있는 걸로 보아 한동안 육사(戮史)를 호처럼 썼음을 알 수 있다.

제목만 실린 「레닌주의 철학의 임무」 외에도 『대중』 창간호에는 육사의 평론문 「자연과학과 유물변증법」이 본문까지 실려 있는데, 여기에는 이활이라는 이름이 쓰였다. 그 후 이활을 필명으로 평론과 기사를 발표하다가 1934년 10월에 수필 「창공에 그리는 마음」을 『신조선』에 발표하면서 그는 육사(陸史)라는 이름을 처음으로 지면에 쓰게 된다.

이후로 시사평론은 이활, 문학 작품은 육사(陸史)와 이육사(李陸史)를 섞어 쓰다가 1940년부터는 거의 모든 글을 이육사라는 필명으로 발표했다. '땅 육(陸)'이라는 글자가 단순히 육지를 뜻하는 것만이 아니라 높고 평평한 땅이라는 의미와 뛰다, 두텁다, 어긋나다 등의 다양한 뜻도 있으니 식민지의 역사를 변화시키려는 의지는 그렇게 필명과 함께 그의 작품 속에 담기게 된 것이다.

수인번호를 그대로 한자로 바꿔 쓰다가 냉소적인 글자로 바꾸어 보고 식민지의 역사를 베어내려는 뜻을 노골적으로 드러내 보기도 하면서 그의 눈빛은 사납게 빛나고 있었으리라. 그러나 사나운 역사를 땅처럼 평탄하게 한다는 의미의 글자 속에 혁명의 의지를 숨겨 놓으면서 그의 눈빛은 조금 달라지지 않았을까? 이육사(李陸史)라는 이름 속에는 치욕의 역사를 잊지 않으면서 그 비통한 역사의 전복(顚覆)을 꿈꾸었던 그의 의지가 고스란히 담겨 있다.

태어나면서 운명처럼 주어진 이름과 달리 필명이나 호에는 자신의 정체성과 삶의 방향성을 담아내게 된다. 그러한 이름을 수인번호로 지을 생각을 하면서 육사는 과연 어떤 마음이었을까? 그 이름으로 시를 발표하고 산문을 발표하면서 그는 세상을 향해 무엇을 말하고 싶었던 것일까?

수인번호 264로 불렸던 시절을 잊지 않겠다는 다짐을 새겨넣은 이육사라는 필명은 시보다 더욱 상징적으로 그의 삶을 압축해서 보여주는 이름이다.

조선혁명군사정치간부학교

1932년 3월, 육사는『조선일보』를 퇴사한다. 그리고 4월에 만주의 펑티엔(奉天)으로 간다. 육사는 훗날 경찰 심문에서 취직을 목적으로 갔다고 말했지만 처음부터 의열단의 새로운 계획에 동참할 생각이었을 수도 있다. 심문을 받는 처지에서는 자신을 방어하기 위해 사실대로 말하지 않았을 가능성도 있기 때문이다.

육사는 펑티엔에서 윤세주를 만난다. 육사는 일제 경찰의 심문을 받을 때 윤세주를 '중외일보 기자' 혹은 '중외일보사 영업국 서무부장'을 지낸 인물로 진술했다. 하지만 윤세주는 중외일보의 실질적 경영자 역할을 했었고 무엇보다도 의열단의 창립 단원이자 핵심 멤버였다.

육사는 윤세주와 함께 베이징과 텐진을 거쳐 그해 9월 난징에 도착한다. 그리고 의열단이 세운 군관학교인 '조선혁명군사정치간부학교'에 1기생으로 입학한다.

장제스(蔣介石)의 후원으로 설립된 이 학교의 정식 명칭은 '중국 국민당 군사위원회 간부훈련반 제6대'였다. 명칭에 한국을 드러내지 않고 중국 국민당을 내세운 것은 일본의 추적을 피하기 위해서였다. 학생들은 중국 국민군 보통병사 상위의 신분으로 견습사관 대우를 받고, 졸업한 후에는 소위로 임관하게 되어 있었다.

제1차 상하이사변 직후 난징을 수도로 삼은 중국 국민당 정부는 의열단의 군관학교 설립을 적극적으로 지원했다. 김원봉 단장이 황포군관학교 시절에 장제스와 맺은 인연과 1932년 4월의 윤봉길 의거로 한국인에 대한 여론이 좋아졌던 분위기가 그 배경으로 작용했다.

중국 내 독립운동이 침체한 가운데 일제의 이간질로 중

국인의 반한 감정도 고조되고 있던 때, 윤봉길 의사가 상하이 홍커우공원에서 일왕의 생일과 상하이 사변 승리를 축하하는 기념식의 단상에 폭탄을 던져 일본군 장성과 고관들을 처단했다. 장제스는 이 거사를 "중국의 100만 대군도 하지 못한 일을 한국 용사가 단행하였다."라고 높이 평가했다.

그 무렵 난징에서 장제스를 만난 백범 김구도 중국 중앙육군군관학교에 한인 특별반 개설을 약속받았다. 그리고 두 기관은 서로 협력하며 투사를 배출하여 다양한 항일 투쟁을 전개했고 이후에 한국 광복군으로 합류한다.

1919년 만주에서 창립되어 1920년부터 상하이를 중심으로 활약하던 의열단은 1925년을 지나면서 항일 투쟁 노선을 바꾸었다. 암살과 파괴 등의 개별적 의열 투쟁을 넘어서 무장 투쟁으로 전환하여 독립전쟁을 준비하기 시작한 것이다. 그리고 군대의 필요성을 자각하고 황포군관학교를 찾는다.

김원봉 단장을 비롯한 의열단원들은 대부분 만주의 독

립운동기지에 세워진 신흥무관학교 출신이지만, 황포군관학교에서 다시 신식 군사 훈련을 받았다. 임시정부도 한인 청년들을 입교시켜서 그때 함께 교육받은 70여 명은 훗날 조선의용대와 광복군으로 거듭나게 된다.

황포군관학교는 1924년에 개교한, 중국 최초의 군관학교로 중국 국민당과 중국 공산당의 제1차 국공합작 기간에 러시아의 지원을 받아 설립되었다. 이 학교의 초대 교장이 장제스였다. 의열단은 장제스의 지원을 받아 조선혁명군사정치간부학교를 설립하였다. 일본의 야욕이 뻗어갈수록 대륙의 항일 전선은 그렇게 연대하며 구축되었다.

조선혁명군사정치간부학교의 제1기생 입학 명단에는 육사(陸史)라는 이름이 보인다. 입학할 당시의 이름은 '육사', 본명은 '이원삼, 이활'로 기록되어 있다. 친척 어른의 말씀을 따라 '땅 육(陸)'을 쓴 것으로는 최초의 공식 기록이다. 펑티엔, 베이징, 텐진을 거쳐 난징에 도착하기까지 6개월 동안 기차와 배를 타고 대륙을 가로지르면서 '대륙의 역사'를 염두에 두었기에 그 이름을 쓴 것일 수도 있다.

'땅 육(陸)'에 조용히 새겨둔 혁명적 열정으로 그는 그렇게 군관학교에 들어간다.

'옳을 의(義)'와 '사나울 열(烈)'을 내세우면서 정의로운 일을 맹렬히 실행했던 의열단(義烈團)에 대해서 육사가 이전에도 관심이 없지는 않았을 것이다. 첫 옥살이를 했던 대구형무소에서부터 의열단과의 관계를 추궁받았을 것이다. 하지만 수탈 기관을 폭파하고 요인을 암살하면서 일제를 긴장하게 만들고 독립 의지를 보여주는 것만으로는 육사에게 부족하게 느껴졌던 모양이다. 의열단이 개인적인 폭력을 넘어서 조직적으로 더욱 큰 행동을 하겠다는 계획을 세우자 비로소 군관학교에 들어가 합류한 것은 육사의 원대한 혁명 의지를 보여준다고 할 수 있겠다.

육사가 난징으로 가는 길에는 윤세주뿐만 아니라 안동 출신 의열단원 김시현과 육사의 처남 안병철도 동행했다. 조선혁명군사정치간부학교의 1기는 모집 기간이 짧았기 때문에 의열단 간부의 인맥으로 비밀리에 훈련생을 추천받았고, 육사는 처음에 교관으로 추천되기도 했다.

생도 모집 책임자였던 김시현은 영화 「밀정」에서 배우 공유가 연기한 김우진의 모델이 된 인물이다. 의열단 초기에 많은 무기를 국내에 들여왔다가 체포되어 오랫동안 옥고를 치렀는데, 1929년에 대구형무소에서 출옥하기 전까지 육사와 투옥 시기가 상당 기간 겹친다. 1934년에는 변절자를 처단했다가 다시 옥고를 치르는 등 광복을 맞을 때까지 치열한 투쟁을 펼쳤던 인물이다.

오랜 시간 기차를 타고 난징에 도착한 그들은 푸커우역에 내렸다. 거기서 배를 타고 양쯔강을 건너야 난징 시내로 들어갈 수 있었다. 지금은 강 곳곳에 다리가 놓이고 강바닥 아래로는 터널이 생겨 자동차나 기차로 건널 수 있지만 당시에는 반드시 배를 타야만 했다.

그때 그들의 마음을 그대로 느껴보고 싶어서 그곳에서 배를 타고 난징 시내로 들어가 본 적이 있다. 3·1운동 100주년, 임시정부 100주년, 그리고 의열단 100주년인 2019년을 보내고 새로운 한 해가 시작되자마자 떠난 여행이었다. 항일 답사 프로젝트 『그들을 생각하면 눈물이 난다』의

저자인 김태빈 작가의 안내로 육사의 외동딸 이옥비 여사와 함께 상하이와 난징 곳곳에 남아 있는 독립운동의 흔적을 찾아나선 길이었다.

우리는 푸커우역의 기나긴 철길 앞에 서서 그곳까지 머나먼 길을 달려왔을 육사의 마음을 헤아려 보았다. 당시에도 그는 치안유지법과 출판법 위반이라는 죄목으로 기소유예되어 있는 상태였다. 중국 유학에서 돌아온 이후로 계속해서 붙잡히고 갇히는 일을 반복했던 그는 경찰의 추적을 따돌리고 다시 중국으로 와서 새로운 길을 모색하고자 했던 것이다.

푸커우역 쪽에서 바라본 양쯔강은 바다 같았다. 6,300km에 이르는 장강(長江)이 바다에 이르기까지 아직 300km가 남아 있지만 그곳에서부터 넓어지고 깊어져서 몇만 톤급 배가 다니고 정박하니 바다와 다를 바 없었다.

윤봉길 의거 이후 임시정부가 항저우로 자리를 옮기고 백범이 자싱으로 숨어들자 일제는 만약 임시정부 요인이 난징성 안에 머문다면 상하이에 있는 전함을 보내 포격

하겠다고 수시로 위협했다 한다. 눈앞의 양쯔강을 거슬러 올라오는 전함을 상상하는 것만으로도 그곳은 바다처럼 여겨졌다.

우리 답사팀 일행은 양쯔강을 건너는 배를 타고 난징 시내로 들어와 후쟈화위엔(胡家花園)을 둘러보았다. 의열단의 숙소였던 그곳에서 육사는 소지품을 맡기고 군복으로 갈아입었다. 군사 훈련을 받는 학교에 들어가는 첫 단계였다.

육사는 다음 날 쉬엔우호(玄武湖) 우저우(五州)공원 인근의 중국인 별장으로 이동했다. 그곳에는 이미 한인 청년 17~18명이 모여 있었는데, 식사는 직접 해 먹라고 했으며 한국어와 일본어를 사용하지 말고 오직 중국어만 사용하라는 명령을 받았다. 양쯔강을 타고 올라와 난징 일대를 정탐하고 있던 일제 첩보원들의 추적과 감시를 따돌리기 위해서였다.

우리는 육사의 발자취를 따라 난징성 북쪽 성벽에 잇대

어 있는 쉬엔우호로 갔다. 둘레가 25km에 이르는 호수의 가운데에는 우저우공원이 있었다.

이 호수에서 육사는 김원봉 단장과 독대했다. 호수에 배를 띄우고 둘만 앉아서 이야기했던 것은 비밀 유지를 위해서였다. 육사는 처음에 정치학 교관으로 추천되기도 했었기에 김원봉은 그를 따로 만나 여러모로 살펴보려 했을 것이다. 잔잔한 호수에서 배를 타며 나누는 대화지만 분명히 낭만보다는 긴장이 감돌았을 것이다.

나는 육사의 딸인 옥비 여사와 함께 호숫가를 천천히 산책하며 그 순간을 상상해 보았다. 명나라 때 쌓아올린 난징성의 거대한 성벽 너머로 해가 지고 있었다.

호수에서 김원봉과 비밀스러운 대화를 나누고 며칠 뒤, 육사는 다른 훈련생들과 함께 난징 동쪽에서 16km 정도 떨어진 탕산전(湯山鎭)으로 간다. 그곳 시골 마을에서 오래된 사찰 건물을 수리하고 훈련장으로 쓸 땅을 개척한다. 감춰진 최정예 군사들의 훈련 장소인 '조선혁명군사정치간부학교'는 그렇게 시작된 것이었다.

1기생들의 훈련 장소였던 그곳은 지금 고속도로가 생기면서 연결 도로가 되어 원래의 모습을 전혀 찾아볼 수 없다. 우리 답사 일행은 육사를 비롯한 1기생들의 마음을 느껴보기 위해 그 도로 위에 서 보았다. 인적이 드문 길이라 기념사진까지 찍은 뒤, 그나마 건물이 남아 있다는 3기생들의 훈련 장소로 향했다.

1935년에 3기생들이 훈련을 받았던 톈닝사(天寧寺)는 난징 시내에서 자동차로 1시간 거리에 있었다. 한적한 길 위에 차를 세워놓고 한참 동안 산길을 걸어 올라가야 했다. 조선혁명군사정치간부학교는 1기부터 3기까지 일경과 밀정을 피해 매번 장소를 옮겨가며 총 125명의 간부를 배출했다. 그들은 대부분 당대의 엘리트였다. 적당히 일제에 부역하면 충분히 편하게 살 수 있었던 사람들이었다.

그들의 용기와 희생 앞에 머리 숙이며 우리는 낡고 텅 빈 톈닝사에서 그들의 훈련 장면을 그려보았다. 폭탄·탄약·뇌관 등의 제조법과 투척법, 권총 사격술, 무기 운반법 등의 군사 훈련을 받는 한편으로 정치, 경제, 사회, 철학을 배우고 열띤 토론을 했던 그들의 모습을 상상하는 것은 가슴 뜨거운 일이었다.

광인의 태양

분명 라이플선을 튕겨서 올라
그냥 화화(火華)처럼 살아서 곱고

오랜 나달 연초(煙硝)에 끄스른
얼굴을 가리면 슬픈 공작선(孔雀扇)

거치른 해협마다 흘긴 눈초리
항상 요충지대를 노려가다

『조선일보』 1940. 4. 27.

육사가 그 시절의 훈련 장면을 떠올리게 하는 시를 발표한 것은 그로부터 8년 뒤였다. 한반도는 전쟁 기지로 바꿔어가고 있었지만 육사는 요시찰인으로 행동의 제약을 받고 있던 때였다.

군관학교에서 배운 사격술을 쓰지 못하는 안타까움 속에서 라이플총으로 훈련받던 장면을 묘사한 듯한 이 시는 화약에 그슬린 얼굴로 과녁을 노려보는 화자의 눈초리가 강렬하게 느껴진다. 총알이 라이플선을 튕겨 오르고 총구에서 불꽃이 터지는 순간의 이미지가 눈앞에 생생하게 펼쳐진다.

라이플총은 몸통 안에 새겨진 라이플선을 타고서 총알이 회전하는 모양에 따라서 방향이 완전히 달라지는 총이다. 손과 팔의 미세한 떨림이나 방아쇠 당길 때의 손가락 압력에 따라 손목이 아주 살짝만 비틀어져도 총알은 전혀 다른 방향으로 날아간다고 한다.

그 예민한 총의 사용법을 익히면서 뜨거운 햇살로부터 얼굴을 가리기 위해 손바닥을 펼쳐들면, 마치 공작이 그려진 부채를 펼치듯 잠시 상상 속으로 빠져들며 거친 해협의 요충지대를 떠올려 보았으리라.

육사는 총을 들 수 없을 땐 펜을 들었고, 펜을 들 수 없을 땐 총을 들었다. 그리고 끝내 총을 쏠 기회를 얻지 못했으나, 이처럼 총탄보다 단단한 모국어로 강철 무지개 같은 시를 남겨 놓은 것이다.

1932년 10월 20일, 조선혁명군사정치간부학교의 입교식이 열렸다. 육사와 그의 처남 안병철을 포함한 1기생 20명과 교관 12명이 참석했다. 뒤에 6명이 별도로 입교하여 1기생은 모두 26명으로 늘어났다.

교장은 의열단의 김원봉 단장이 맡았는데 그는 입교식에서 이렇게 말했다. "여러분은 이곳에서 군사학과 무기 사용법 등 군사 지식을 배우게 될 것입니다. 그 지식으로 여러분은 의열단이 그동안 지켜온 항일 투쟁 정신을 이어갈 것입니다."

그리고 체계적인 군사 훈련이 시작되었다. 아침 6시부터 저녁 9시까지, 총을 쏘는 방법부터 변장을 하고 몸을 숨기는 방법과 기차를 운전하고 철길을 폭파하는 방법까지 배웠다. 육사는 권총 사격에 특히 뛰어난 실력을 보여서 말을 타며 총을 쏘아도 명중하는 명사수였다고 한다.

한편 육사는 김원봉 교장과 껄끄러운 사이였다고 알려진다. 이러한 관계는 육사가 처음 난징에 도착해서 쉬엔우호에 배를 띄우고 김원봉과 독대했을 때부터 예견된 일이었다.

그때 호수의 배 위에서 김원봉은 육사로부터 국내의 정세를 자세히 들은 뒤 노동운동에 대한 이론이나 운동 방법 등을 물었다. 육사는 이 대화를 통해 김원봉과 자신의 입장이 조금 다른 것을 확인했다고 심문조서에서 진술했다. 노동조합의 조직이론이나 활동 노선에서 견해가 달랐다는 것이다. 물론 이것은 계산된 진술일 수도 있다.

하지만 육사는 그 후에도 김원봉을 계속 비판했다. 공산주의에 대한 원칙적인 태도를 견지하고 있던 육사는 김원봉이 중국의 부르주아 계급과 야합하고 있다면서 사상이 애매하고 비계급적이라고 비판했다. 그래서 김원봉이 육사를 스파이로 의심해 행동을 감시했고, 생도들을 의열단에 가맹시켜 4인 1조로 의열단 소조를 조직하면서 육사만 제외했다고도 한다.

육사는 그것에 대한 대항책으로 생도 중의 불평분자를 규합하여 분해운동을 기도했다고 일제에 진술하기도 했으니 이것이 과연 진실인지, 더 큰 비밀을 지키기 위한 전략적 진술인지는 알 수 없다. 육사는 일제의 심문 과정에서 "의열단에 가입하지 않았다"라고 단호하게 말하기도 했다.

분명한 것은 김원봉의 사상과 행적에 대한 육사의 불만과 갈등이다. 육사는 난징으로 가기 전부터 이미 사회주의 노선에 기울어져 있었다. 러시아혁명의 성공으로 전 세계로 확산된 사회주의 사상은 3·1운동을 거치면서 일본 제국주의에 저항하는 이념적 무기로 수용되었고, 이후 사회주의 운동은 독립운동의 한 갈래로 자리 잡았다. 육사가 1931년에 대구에서 격문을 붙이다가 붙잡혀 2개월 동안 옥고를 치른 사건도 레닌 탄생일에 일어난 일이었다.

특히 육사가 군관학교 졸업 무렵에 국내에서 발표한 시

사평론인 「자연과학과 유물변증법」은 난징으로 떠나기 전에 투고한 것이므로 그 내용으로 보아 마르크스주의에 대한 생각들이 이미 정리되어 있었음을 알 수 있다. 그러므로 김원봉과 이념적 견해 차이를 보일 때 갈등이 드러나곤 했을 것이다.

육사는 새로운 사상들을 받아들이며 다양한 노선을 따랐지만, 언제나 모든 사람이 인간답게 살 수 있는 세상을 위한 밑거름이 되는 길로 걸어갔다. 세상의 모든 생명을 똑같이 사랑하고 공경하라는 퇴계의 일체경지(一切敬之) 사상으로부터 비롯된 길이기도 했을 것이다.

중요한 것은, 분단 이전에는 민족주의든 공산주의든 아나키즘이든 같은 목적으로 움직였다는 사실이다. 모두의 목적은 잃어버린 조국을 찾는 것이었다. 그 과정에서 세부적인 방법들 때문에 갈등을 겪었지만 모두가 지향하는 바는 같았다. 우리가 잊지 않고 되새겨야 할 사실은 바로 그것이다.

상하이의 의열단

1933년 4월 20일, 조선혁명군사정치간부학교 제1회 졸업식이 거행되었다. 육사는 졸업식 후의 공연으로 준비한 연극 「지하실」의 희곡을 쓰고 연기자로도 출연했다. 이 연극은 공장 지하실에서 일하는 노동자들이 라디오 방송을 통해 혁명이 성공했다는 소식을 듣고 기뻐하는 내용을 담고 있다. 혁명의 성공으로 공산제도가 실현되어 토지가 농민에게 공평하게 분배되고 노동자와 농민이 지배하는 사회가 되었다는 이야기였다.

당시 국내에서는 낮은 임금과 부당한 처우로 공장에서 혹사당하는 노동자들이 파업을 이어가고 있었다. 육사는 그들 모두가 해방되어야 할 수인(囚人)으로 보았다. 일제의 압제로부터의 해방과 자본가로부터의 해방은 인간의 자유와 평등이라는 관점에서 볼 때 서로 다른 일이 아니었다.

육사는 졸업을 앞둔 면담에서 앞으로의 투쟁 방향과 임무를 묻는 교장 김원봉에게 "도회지의 노동자층을 파고들어서 공산주의를 선전하여 노동자를 의식적으로 지도·교양하고 학교에서 배운 중한 합작의 혁명 공작을 실천에 옮겨 목적을 관철하겠다"라고 말했다. 연극 「지하실」을 통해 말하고자 했던 주제와 일치하는 계획이었다.

그러나 졸업식 이후에는 1기생들에게 만주 지역 파견 요원이 되는 것과 2기생 교육을 맡을 교관 요원으로 남는 것으로 일방적인 활동 지침이 내려졌다. 그래서 육사의 처남인 안병철은 만주로 가게 되었고, 윤세주는 2기생 교육을 맡게 되었다. 육사는 계속해서 귀국을 고집했고, 김원봉은 "그대와 같은 수재를 조선으로 돌려보내는 것은 유감"이라며 만류하였으나 결국 국내로 잠입해 노동자와 농민에게 혁명의식을 고취하고 2기생을 모집하라는 임무를 부여하여 허락했다.

졸업 후 4일 뒤에 육사는 난징성 안으로 이동한다. 그리고 김원봉이 시키는 대로 후자화위엔과 난징 시내의 여관에서 한 달 남짓 머물게 된다. 육사가 1941년 『조광』 1월호에 발표한 수필 「연인기」에는 이 시절의 추억 한 자락이 담겨 있다.

그때 봄비 잘 오기로 유명한 남경(南京)의 여관살이란 쓸쓸하기 짝이 없는 것이라, 나는 도서관을 가지 않으면 고책사(古冊肆)나 골동점에 드나드는 것으로 일을 삼았다. 그래서 그곳에서 얻은 것이 비취 인장(印章) 한 개였다. 그다지 크지도 않았건만 거기다가 모시(毛詩) 칠월장 한 편을 새겼으니 상당히 섬세하면서도 자획이 매우 아담스럽고 해서 일견 명장의 수법임을 알 수 있었다.

나는 얼마나 그것이 사랑스럽던지 밤에 잘 때도 그것을 손에 들고 자기도 했고, 그 뒤 어느 지방을 여행할 때도 꼭 그것만은 몸에 지니고 다녔다. 대개는 여행을 다니면 그때는 간 곳마다 말썽을 부리는 게 세관리(稅關吏)들인데, 모든 서적과 하다못해 그림 엽서 한 장도 그냥 보지 않는 녀석들이건만 이 나의 귀여운 인장만은 말썽을 부리지 않았다. 그랬기에 나는 내 고향이 그리울 때나 부모형제를 보고 싶을 때는 이 인장을 들고 보고 칠월장을 한번 외워도 보면 속이 시원하였다. 아마도 그 비취인에는 내 향수와 혈맥이 통해 있으리라.

앞에서도 인용했던 수필 「연인기」는 할아버지가 상품으로 내놓은 도장 재료를 놓고 육사 형제들이 글씨와 그림을 경쟁하던 모습을 추억한 다음에 이렇게 난징의 여관살이와 그곳에서 얻은 비취 도장을 상세히 묘사하고 있다. 그래서 이 수필의 제목이 '도장과의 인연을 담은 기록'인 '연인기(戀印記)'인 것이다.

그렇게 쓸쓸한 마음과 고향을 그리는 마음속에 귀국 명령을 기다리는 시간은 상하이로 옮겨가서도 두 달 동안 이어졌다. 상하이에 도착한 육사는 의열단 간부 집에 들렀다가 프랑스 조계지역(외국인 치외법권 지역) 안의 여관에 머물렀다.

1920년부터 상하이를 중심으로 활약했던 의열단은 1929년에 베이징으로 이동했다가 1932년 초부터는 난징에 자리 잡고 있었다. 대한민국 임시정부는 1932년의 윤봉길 의거 직후 상하이를 떠나 항저우로 이동해 있었다. 그래서 육사가 도착한 1933년의 상하이에는 의열단도 임시정부도 얼마 전까지 활동했던 흔적만 남아 있었다.

일본군은 물러갔지만 일본 세력은 공공조계에서 강력한 영향력을 행사하고 있었기에 육사는 일본의 영향력이 미치지 못하는 프랑스의 조계 안에 머물렀다. 육사를 따라서 귀국을 허락받은 1기생 5명은 자금이 마련되는 대로 차례로 국내로 잠입했다. 육사는 마지막으로 귀국하느라 상하이에서 두 달 동안 머물렀다.

그 기간에 중국의 대문호 루쉰(魯迅)을 만난 것은 육사에게 잊을 수 없는 일이었다. 암살당한 진보적인 중국 학자 양싱포(楊杏佛)의 장례식장에 갔다가 그와 마주친 것이었다. 3년 뒤에 루쉰이 사망했을 때 육사가 『조선일보』에 연재했던 「노신 추도문」에는 이 만남의 장면이 그려져 있다.

R 씨와 내가 탄 자동차는 만국빈의사(萬國殯儀社) 앞에 닿았다. 간단한 소향의 예가 끝나고 돌아설 때 젊은 두 여자의 수원과 함께 들어오는 송경령 여사의 일행과 같이 연회색 두루막에 검은 마괘아(馬掛兒)를 입은 중년 늙은이 생화에 싸인 관을 붙들고 통곡을 하던 그를 나는 문득 노신인 것을 알았으며 옆에 섰던 R 씨도 그가 노신이라고 말하고 난 십 분쯤 뒤에 R 씨는 나를 노신에게 소개하여주었다.

그때 노신은 R 씨로부터 내가 조선 청년이란 것과 늘 한번 대면 기회를 가지려고 했더란 말을 듣고 외국의 선배 앞이며 처소가 처소인만치 다만 근신과 공손할 뿐인 나의 손을 다시 한번 잡아줄 때는 그는 매우 익숙하고 친절한 친구이었다.

29세의 청년이 중국의 대문호를 만난 경험은 큰 울림을 주었을 것이다. 더구나 그는 중국의 낡은 도덕과 인습을 폭로하며 거침없이 문예운동을 펼쳤던 루쉰이었다. 육사가 귀국 직후부터 활발하게 시사평론을 하고 본격적으로 시를 쓴 데에는 이날의 만남이 큰 영향을 미쳤으리라 생각한다. 루쉰을 만나면서 육사는 '문학을 통한 행동'에 더욱 관심을 갖게 되었을 것이다. 육사의 장조카 이동영 교수는 아래에 인용하는 바와 같이 육사와 의열단의 관계를 말하면서 루쉰을 언급한 적이 있다.

"박태원의 『약산과 의열단』에도 전혀 언급되지 않았을 뿐 아니라 의열단의 극렬한 투쟁 방법과는 길을 달리했던 것이며 정치적인 활동도 없다. 따라서 소속과 사건을 초월한 육사의 항일 민족운동은 육사가 문학에 끼친 영향으로 미루어 짐작할 수 있다. 육사가 천수를 누렸던들 중국의 노신과 한국의 육사가 어떠하였을까 하고 대비하여 생각할 때가 있다."

내 생각도 비슷하다. 육사를 처음엔 시인으로 알았지만 그다음엔 혁명가 또는 독립운동가로 이해했고, 마지막에는 진정한 예술가로 이해했다. 알면 알수록 아나키스트로서의 자유로운 영혼과 심미주의자로서의 예술가 기질이 엿보이는데 시대적인 상황 때문에 그 모든 것을 발휘하지 못하고 세상을 떠난 것이 안타깝다.

2020년 1월 11일, 상하이의 와이탄 황푸강변에서 공공조계의 현재 모습을 바라보면서도 그런 생각을 했다. 앞서 이야기한 항일 답사팀과 함께 상하이를 찾았을 때였다. 황푸강이 한눈에 내려다보이는 식당 테라스에서 육사의 외동딸 이옥비 여사는 담담한 목소리로 말했다. "아버지는 아나키스트였다고 생각해요."

황푸강은 마치 바다 같았다. 1920~30년대 동아시아 최고의 번화가였던 와이탄의 모습을 그대로 보여주는 서양식 석조 건물들, 관광객들로 가득한 강변 산책로, 그리고 유유히 떠다니는 아름다운 유람선.

외국의 배들이 양쯔강 하류에서 황푸강까지 들어오니 그곳은 바다와 다를 바가 없었다. 아편전쟁에서 패배한 후 강제 개항되어 열강들에 빼앗겼던 상하이의 아픈 역사가 시작된 곳이었다. 영국, 미국, 프랑스 등이 강제로 점유했던 조계지의 오래된 건물들은 밤이 되어 황금빛 조명을 받자 무심히 아름답게 빛났다.

제국의 식민 유적을 없애지 않고 관광지로 만든 중국은 강변 맞은 편의 푸둥 지역에는 현대식 초고층 건물들을 세웠다. 과거와 현재가 앞다투어 발산하는 화려한 빛에 잠시 몽롱해졌던 우리는 이내 먼 곳으로 시선을 돌렸다. 당시에는 일본총영사관이었고 지금은 중국 해군 관계 시설로 사용된다는 3층짜리 붉은 벽돌 건물이 어디쯤에 있을지를 가늠해보면서.

"지금 눈앞에 보이는 강변이 황푸탄 의거 현장입니다. 1922년에 의열단원들이 일본 육군 대장에게 권총을 쏘고 폭탄을 던졌지만 실패하고 말았지요. 당시 상하이 조계는 일본영사관이 있는 이쪽 공공조계와 대한민국 임시정부가 자리 잡은 저쪽 프랑스 조계로 양분되어 있었으니까 아마도 그들은 상대적으로 안전한 저쪽으로 도주했을 겁니다."

답사를 이끈 김태빈 작가의 설명에 우리는 뒤를 돌아보았다. 그날 오후 걸어다녔던 프랑스 조계 쪽이었다. 임시정부 마랑로 청사, 백범 가족이 살았던 융칭팡, 백범과 윤봉길 의사가 마지막 식사를 했던 김해산의 집, 대한민국이 탄생했던 금산이로 등을 답사한 뒤 우리는 만국빈의관 터까지 걸어갔었다. 그곳은 육사가 루쉰을 만났던 역사적인 장소였다.

우리는 그렇게 육사가 귀국 명령을 기다리며 머물렀던 진링여관(金陵旅館) 근처를 걸어다녔다. 육사도 그 거리를 걸었을 것이라는 상상을 하며 육사의 외동딸과 함께 걷는 동안 내내 부슬비가 내렸다. 육사의 족적을 따라 그와 함께 호흡하며 걷는 것 같았다.

윤봉길 의거로 임시정부가 상하이를 떠나고 1년이 지난 때였으니 육사는 공공조계를 돌아다니기 힘들었을 것이다. 나는 다시 몸을 돌려 와이탄의 야경을 바라보며 생각했다.

여운형 선생이 파리평화회의에 보낼 청원서를 미국 언론인에게 전달했던 애스터호텔을 비롯해서 임시정부를 세우기 위해 상하이에 모여든 독립운동가들이 머물렀던 호텔이나 모임을 거듭했던 음식점들, 한인사회의 각종 회의나 행사가 열렸던 YMCA회관 등이 아직도 공공조계 안에 남아 있다. 이봉창 의사가 일본의 왕을 겨냥해 던질 수류탄과 자살용 수류탄을 바지 안에 걸어 매고 고베로 가는 우편선을 탔던 곳, 홍커우공원에서 일본의 군정 요인들을 향해 폭탄을 던지고 체포되어 사형을 선고받은 윤봉길 의사가 오사카로 이송되어가면서 배를 탔던 곳도 모두 그 풍경 안에 있다.

독립운동가들은 황푸강변에서 배를 타고 단둥으로 가서 압록강을 넘어 조선으로 돌아왔다. 상하이에서 머물던 육사는 황푸강의 수많은 부두 중에 어디에서 출발했을까?

당시에는 공공조계 쪽에서 배를 탈 수 없었겠지만 그곳에서 11년 전에 벌어졌던 황푸탄의거에 대해서는 전해 듣거나 깊이 생각했을 것이다. 의열단의 극렬적 투쟁 방법에 동조하지 않았다 해도 그가 나온 군관학교는 의열 투쟁으로부터 시작되었기 때문이다.

윤봉길 의사는 일제에 심문받을 때 이렇게 말했다. "장교 몇 명을 죽였다고 해서 크게 달라질 거라 생각하지 않는다. 다만, 이로써 조선인들이 각성하고, 다시 세계가 조선을 알게 된다면, 그것으로 내 목적은 달성한 것이다." 그 목적이 동일하다면, 방법은 달라도 공감할 수 있다.

조선혁명군사정치간부학교 1기 졸업생들의 중요한 사명이 의열단 지부를 조직하는 일이었으므로 졸업생들은 대부분 의열단에 가입했을 것이다. 그러나 1기생들이 졸업 직후에 대거 참여했던 의열단의 남경 전체회의의 참석자 명단에는 육사의 이름이 없다. 이유는 두 가지일 것이다. 문서상으로 드러낼 수 없을 만큼 비밀스럽게 활동했던 요원이었거나 조직을 거부하는 아나키스트였거나.

군관학교에서 배우고 중국에 머물면서 영향을 받았던

것들은 육사가 귀국한 후에 활발하게 발표한 시사평론에서 드러난다. 중국 정세를 포함한 국제 정세를 진단하는 이 평론들은 그가 군관학교에서 정치 과목으로 배웠던 세계정세, 경제학, 중국 혁명사 등과 관련이 있다.

육사는 반식민지로 전락한 중국의 정세를 분석하면서 식민지 조선의 거울로 삼으려 했다. 중국 국민당의 노선에 부정적인 시각을 보여주면서 장제스를 독재자로 규정하여 내부적으로 군벌과 결탁하고 외부적으로는 외세와 결탁하는 것을 비판했다.

일제 경찰은 이 무렵에 육사가 민족공산주의자로 바뀌어 가고 있다고 판단했는데, 모든 인간의 평등을 지향하는 측면에서 본다면 그것은 사실이었다. 사회주의는 민족의 개념을 부정하지만 약소국의 민족운동은 계급운동으로 파악한다. 러시아혁명의 영향을 크게 받았던 당시의 많은 청년처럼 육사는 국제적 연대와 결속을 주장하는 사회주의 사상에 깊이 빠져들었을 것이다.

육사가 마침내 상하이를 떠나 귀국하던 순간의 기록은

「연인기」의 마지막에 묘사되어 있다. 난징에서 얻은 소중한 비취 도장을 S에게 주고 떠나는 장면인데, 이니셜로 표현된 S는 아마도 윤세주일 것이다.

그 뒤 나는 상해(上海)를 떠나서 조선으로 돌아오게 되었고 언제 다시 만날는지도 모르는 길이라 그곳의 몇몇 문우들과 특별히 친한 관계에 있는 몇 사람이 모여 그야말로 최후의 만찬을 같이하게 되었는데, 그중 S에게는 나로부터 무엇이나 기념품을 주고 와야 할 처지였다. 금품을 준다 해도 받지도 않으려니와 진정을 고백하면 그때 나에게 금품의 여유란 별로 없었고, 꼭 목숨 이외에 사랑하는 물품이라야만 예의에 어그러지지 않을 경우이라, 나는 하는 수 없이 그 귀여운 비취인 한 면에다 "증(贈) S, 1933. 9. 10. 육사(陸史)"라고 새겨서 내 평생에 잊지 못할 하루를 기념하고 이 땅으로 돌아왔다.

3장

한 개의 별을
노래하자

요시찰인 이육사

육사는 상하이에서 배를 타고 안둥현을 거쳐 신의주로 들어왔다. 그리고 서울에 도착하자마자 신문사 복직을 추진하면서 문필 활동을 벌이기 시작했다.

1934년 2월에는 「1934년에 임하야 문단에 대한 희망」을 『형상』에 발표했고, 3월에는 『조선일보』 대구 특파원으로 채용되어 부임할 예정이었다. 그런데 대구로 출발하기 직전에 군관학교 출신임이 드러나 구속되면서 그의 활동은 좌절된다.

당시 육사가 체포된 곳은 광화문 앞 본정에 자리한 경

기도 경찰부 경성본청이었다. 이곳에서 신문조서를 작성하고 서대문형무소에서 갇혀 취조받다가 6월에 기소유예가 확정되어 풀려났다. 군관학교에서 훈련만 받았을 뿐 국내에서 아직 활동을 하지 않았고 반성을 하고 있다는 것이 석방 이유였다.

그러나 그해 7월에 안동경찰서에서 작성한 「이원록 소행조서」에는 "배일사상, 민족자결, 항상 조선의 독립을 몽상하고 암암리에 주의의 선전을 할 염려가 있음. 민족공산주의로 전화하고 있는 것으로 본인의 성질로 보아서 개전의 정을 인정하기 어려움."으로 기록되어 있으니 고향의 경찰은 육사가 반성하지 않고 있음을 간파했던 것이다.

육사가 서대문형무소에 잡혀들어갔던 것은 군관학교 동기생이자 처남인 안병철 때문이었다. 안병철은 1933년 11월에 만주의 창춘(長春)에서 자수하였고, 연이어 1기생들이 검거되었다. 그 뒤로 2기생들도 줄줄이 붙잡히거나 자수해서 졸업생들의 국내 활동에 큰 차질이 빚어지게 되었다.

이 때문에 육사는 처가에 발걸음을 끊었을 뿐만 아니라, 아내와도 사이가 벌어져 오랫동안 불편한 사이가 지속되었다. 심지어 장인에게 "이러한 비겁한 핏줄과 함께 살 수 없으니 딸을 데려가십시오."라는 요지로 장문의 편지를 써서 보냈다고 한다.

물론 육사의 부모님은 며느리를 보내지 않았다. 육사의 아내도 변함없이 정성을 다해 시부모님을 모셨다. 그래서 육사는 혼자 서울을 떠돌면서 살았다. 대구의 집에 들러 양친에게 인사를 드릴 때에도 집에서는 식사만 하고 밤에는 조양회관이나 여관에서 잠을 잤다.

그러한 냉대 기간이 무려 7년 동안 이어졌으니 육사의 아내는 수치스러워 여러 번 목숨을 끊으려고 했다. 장물을 퍼마시고 우물에 뛰어들고 나무에서 떨어져보기도 했다. 그때마다 만류하고 다시 살려낸 사람은 시어머니였다.

그래서인지 안병철에 대해 말하는 것이 오래도록 집안

의 금기였다고 육사의 외동딸은 말한다. 세 살 때 아버지를 잃은 딸은 외삼촌에게 마음을 의지했던 듯 연민의 마음으로 안병철을 추억했다.

"아버지 같은 분이야 모진 고문도 다 이겨낼 수 있었지만 외삼촌은 힘드셨을 거예요. 동지의 이름을 대서 여러 명이 잡혀 들어간 것에 대해 저한테까지 미안해하셨지요. 늘 갖고 싶은 거 없냐고 물어보고 사다주고 그랬어요. 아버지가 빰을 때리고 이후로 얼굴을 보지 않았다는 얘기를 외삼촌이 직접 해주셨던 게 내가 중학교 2학년 때였는데 큰 충격이었어요. 외삼촌은 배우를 하면 딱 맞을, 섬세한 분이셨어요. 젊었을 때 무대에서 아리랑 공연도 하셨대요. 하지만 평생 무기력한 모습을 보이면서 폐인처럼 살았습니다."

군관학교 출신임이 발각된 뒤 육사는 일제의 감시 대상인 요시찰인이 되어서 독립운동을 제대로 이어갈 수 없었다. 손발이 꽁꽁 묶여버린 셈이었다.

그때부터 육사는 정인보가 주도하는 정약용 서거 백 주

년 기념 『여유당전서』의 간행을 돕기 시작했다. 그리고 시사평론과 더불어 수필과 시를 활발하게 발표하기 시작했다. 무장 투쟁이나 정치적 활동을 할 수 없는 상황에서 전통문화의 연구와 문학 작품의 창작을 차선책으로 선택한 것이다.

전통적 유교 지식인으로서 중국에서 독립운동을 했던 정인보는 육사와의 접점이 많았다. 정약용 문집의 간행을 준비하면서 정인보의 집을 드나들던 육사는 그곳에서 신석초 시인을 소개받는다. 두 사람은 우리 전통문화와 서양 문화를 결합해서 세계 문명으로 발전시켜야 한다는 생각으로 의기투합했고 『신조선』 잡지의 편집에도 함께 참여하면서 우정을 쌓아 나갔다.

신석초는 이후로 육사가 순국할 때까지 가장 가까운 친구였고 육사에 대한 많은 이야기를 남겼다. 그의 회고에 따르면 육사는 장안의 신사였고 멋쟁이였다고 한다. 얼굴은 달과 같이 밝고 서늘하였으며 피부는 유리와 같이 맑고 얇았다. 언제나 벙긋벙긋 웃으며 우울한 기색 없이 명랑했지만, 항상 초조한 것 같았고 분주했고 무엇인가 구름을 잡는 것 같은 느낌이었으며 공상적인 데가 있었다고 회상한다.

그렇다면 신석초는 육사의 비밀 활동을 어느 정도 알고 있었을까? 육사의 외동딸인 이옥비 여사도 그게 궁금했었는지 신석초 시인을 처음 만났던 중학교 때 "우리 아버지가 독립운동 하시는 걸 알았나요?"라고 여쭤봤다고 한다. 그랬더니 "나는 묻지 않았다."라는 대답이 돌아왔다. 물어봐서 알게 되면 혹시라도 경찰에 잡혀갔을 때 자백할까 봐 육사에게 행적을 아예 묻지 않았다는 것이다. 자신은 육사처럼 강인하지 않고 나약해서 고문을 견뎌내지 못했을 거라고 말하면서.

육사도 잠시 어디 다녀오겠다 정도의 이야기만 했다고 하니 처남과의 관계가 불편해졌던 것처럼 친구와도 그렇게 될까 봐 두려웠던 모양이다. 아무튼 신석초는 육사가 말없이 갑자기 사라지거나 한동안 소식이 끊겨도 이번에는 뭔가 중요한 임무를 수행하는 것이려니 생각했다고 한다.

그러므로 육사는 문필 활동에 매진했던 시기에도 비밀리에 독립운동을 돕는 일들을 하고 있었던 것이다. 지금까지 밝혀진 바로는 1935년 5월에 군관학교 동기생인 김공신이 붙잡히는 바람에 증인으로 조사를 받았고, 1936년에는 동료 기자였던 이선장을 만주로 데려가서 외삼촌인 허규를 통해 몽양 여운형에게 소개하고 돌아온 것을 빌미로 서대문형무소에 갇혔다.

일찌감치 정체가 드러나서 일제의 감시를 받는 그로서는 동지들이 잡혀들어갈 때마다 함께 불려가서 조사를 받고, 독립운동가들의 활동을 힘닿는 대로 뒤에서 도왔을 것이다. 요시찰 대상이었던 그가 국외로 나갈 수 있었던 것은 여러 종류의 신분증명서를 갖고 있었기 때문이라고 하는데, 그만큼 비밀리에 여러 가지 일을 진행했음을 알 수 있다.

장안의 멋쟁이로 알려진 것도 어떤 필요성에서 그렇게 옷차림에 각별히 신경을 쓴 것 같기도 하다. 육사는 특히 변장술에 능했다고 한다. 평소에 그가 안경을 썼던 이유는 시력이 나빠서가 아니라 멋 때문이었다고 전하는데, 그 또한 변장을 위한 포석이었을 수 있겠다. 어머니 소상 때도 흰 양복에 백구두를 신고 왔었다는 고향 사람들의 이야기를 듣다 보면, 언제 죽을지 모르니 항상 깨끗하고 단정한 옷차림을 했다는 독립운동가들의 비장한 모습이 겹쳐 보이기도 한다.

외로운 일이었을 것이다. 큰일을 하는 동지들과 함께할 수 없는 외로움. 아무리 작은 일이라도 가까운 문단 친구들에게는 말할 수 없는 외로움.

첫 시로 알려진 「말」 이후로 5년 만에 시를 발표하면서 시인으로서의 본격적인 활동을 시작한 1935년. 그때 발표되어 육사의 실질적인 문단 진출작으로 일컬어지는 시 「황혼」을 읽다 보면, 그러한 외로운 활동 속에서 육사가 시인이 된 것은 자연스럽고 당연한 일로 여겨진다.

황혼

내 골방의 커-텐을 걷고

정성된 맘으로 황혼을 맞아들이노니

바다의 흰 갈매기들 같이도

인간은 얼마나 외로운 것이냐

황혼아 네 부드러운 손을 힘껏 내밀라

내 뜨거운 입술을 맘대로 맞추어보련다

그리고 네 품 안에 안긴 모-든 것에

나의 입술을 보내게 해다오

저-십이성좌의 반짝이는 별들에게도

종소리 저문 삼림 속 그윽한 수녀들에게도

쎄멘트 장판 우 그 많은 수인(囚人)들에게도

의지가지없는 그들의 심장이 얼마나 떨고 있을까

고비 사막을 끊어가는 낙타탄 행상대에게나

아프리카 녹음 속 활 쏘는 인디안에게라도

황혼아 네 부드러운 품 안에 안기는 동안이라도

지구의 반쪽만을 나의 타는 입술에 맡겨다오

내 오월의 골방이 아늑도 하오니

황혼아 내일도 또 저-푸른 커-텐을 걷게 하겠지

정정(情情)이 사라지긴 시냇물 소리 같애서

한번 식어지면 다시는 돌아올 줄 모르나 보다

-오월의 병상(病床)에서-

『신조선』 1935년 12월

시인의 길과 투사의 길을 함께 걷는 외로움 속에서 그는 황혼에 말을 건넨다. 더구나 병상이다. 힘들고 지친 가운데서도 세상의 모든 것에 애정을 보내는 그의 열정은 인간과 역사에 대한 무한한 애정으로 해석된다. 그것은 '우주적 사랑'으로 승화되어 그의 시를 이해하는 키워드가 되기도 한다.

외롭고 힘든 모든 존재를 향한 사랑이 육사의 문학을 낳았고, 고통받는 모든 이를 껴안고 품으려는 의지가 육사의 삶을 완성했다. 그가 남겨 놓은 시와 산문들을 곱씹을수록 그가 추구했던 인간다운 삶과 자기희생 정신을 느낄 수 있다. 비밀 유지를 위해서 흔적을 지우고 다녔던 인생이지만 이렇게 문학 작품으로 마음을 남겨 놓았기에 우리는 여러 해석을 덧붙이며 그 마음을 음미할 수 있다.

2018년에 공개된 육사의 친필 휘호 '水浮船行(수부선행)'도 초서체 네 글자 안에 그의 귀한 마음을 담은 작품이다. 육사의 종손자가 집안의 유품을 정리하던 중에 발견한 이 휘호는 만주에서 독립운동 자금을 모아준 외삼촌 허발에게 감사의 표현으로 써 드린 것이다.

수부선행은 '물이 배를 띄워서 나아가게 한다'는 뜻이니 군자금을 후원한 이들 덕분에 독립운동하는 이들이 활동을 할 수 있다는 의미로 해석된다. 물이 후원금이나 후원인들을 뜻한다면 배는 독립운동 활동가를 뜻할 것이다. 항일운동의 일선에서 활동하지 않더라도 뒤에서 물심양면으로 도왔던 사람들의 힘이 물처럼 모여들어 배를 띄웠고, 힘차게 나아가게 했다.

수부선행은 한문의 관용구가 따로 있는 것이 아니라 육사가 자신의 뜻을 담아 한자로 표현한 문구다. 그래서 이 작품은 아주 짧게 압축한 시처럼 느껴지기도 한다. 물과 배는 한문학에서 자주 등장하는 소재이며, 다양한 비유로 쓰인다.

육사는, 『순자』의 왕제 편에 나오는 '군주가 배라면 백성은 물이다. 물은 배를 뜨게 하지만 그 물이 배를 뒤집기도 한다(君者舟也 庶人者水也 水則載舟 水則覆舟)'라든가 주희(朱熹)의 시 「관서유감」의 '어젯밤 강가에 봄물이 불어나니 거대한 전함도 한 가닥 털처럼 가볍네. 이전엔 힘들여 옮기려고 헛되이 애썼는데 오늘은 강 가운데서 자유롭게 떠다니네(昨夜江邊春水生 蒙衝巨艦一毛輕 向來枉費推移力 此日中流自在行)' 등에서 얻은 생각들을 네 글자에 축약해서 담았다.

육사는 수부선행 휘호에서 낙관을 사용하지 않았다. 외삼촌에게 감사의 마음을 전하는 글인지라 자신을 낮추려고 한 의도로 풀이된다. 대신 당시에 썼던 이름인 '李活(이활)'과 외삼촌 허발의 호인 '一蒼(일창)' 사이에 '永客生(영객생)'이라고 자신의 처지를 은유하는 글자를 써서 '객처럼 영원히 떠도는 신세'를 드러냈다. 어쩌면 그 글씨를 쓰는 순간에도 만주를 떠도는 신세였기에 도장을 미처 준비하지 못해 그러한 글자로 작품 끝의 낙관을 대신했는지도 모르겠다. 어떤 긴박한 상황이기라도 한 듯 붓을 들어 단숨에 쓴 것처럼 보이는 글씨는 장승업의 「홍백매화도」 속의 나뭇가지처럼 크게 꿈틀거린다.

문인으로 살면서 종종 문우들 앞에서 모습을 감추며 비밀스러운 행적을 이어갔던 그 시절에도 육사는 조용히 동지들을 돕고 독립의 염원을 담은 시를 쓰면서 물이 불어나듯 기회가 다가오기를 기다리고 있었을 것이다. 자유롭게 떠다니는 전함처럼 뜻을 펼칠 시간의 도래를 굳게 믿으면서.

어렴풋한 비밀의 여인

문학청년이 아니었던 그가 삼십 고개를 넘어서 비로소 시를 쓰기 시작해서 그처럼 시를 좋아했던 것은 아마 그의 혁명적 정열과 의욕이 그대로 사라지지 않은 채 시에 빙자해 꿈도 그려 보고 불평도 포백(曝白)한 것일 것이다. 그러므로 그의 성격은 '절정'에서 보이는 바와 같이 초강(楚剛)하고 비타협적이건마는 친구들에게는 관인(寬仁)한 사람으로 알려지고, 경찰서에서는 요시찰인이었건마는 문단에서는 시인 행세를 한 것을 보면 그가 소위 단순한 시인이 아니었던 것을 아는 사람은 알 것이다.

육사의 동생 이원조는 1946년에 출간된 유고 시집인『육사 시집』발문에 이렇게 적었다. 그의 말대로 육사는 시인 행세를 했으나 단순한 시인이 아니었다고 그때의 동료 문인들은 기억한다. 1937년에『자오선』동인으로 함께 참여했고『육사 시집』의 서문도 썼던 김광균은 훗날 육사를 이렇게 회고했다.

하루아침에 소리도 없이 우리 사이에서 없어졌다. 우리가 그를 만나고 헤어진 사이에 그가 걸어온 길이 무엇이고 가족은 몇이 되고 도대체 무엇을 하는 사람인지 몰랐고 서로 문답할 생각도 안 했다.

그러니까 오로지 작품 활동으로만 교류한 문우였다는 것이다. 모더니스트 김광균과 육사는 언뜻 어울려 보이지 않지만 시보다 더 많은 숫자의 산문을 남긴 육사의 글들을 찬찬히 훑어보면 그가 얼마나 모던하며 근대적 문물을 편견 없이 받아들였는지 알 수 있다. 전통문화를 계승했다는 측면에서만 육사의 작품을 살펴본다면 한쪽 면만

읽는 것에 불과하다.

육사는 전통의 바탕 위에 근대적 신지식을 적극적으로 수용함으로써 자신의 의식과 시야를 확장하려고 노력했다. 나라를 빼앗긴 유림의 자존심에서 시작되었던 독립운동이 근대적 혁명의 차원으로 승화되는 흐름에 그가 존재할 수 있는 까닭이다.

친구에게 보내는 엽서에 에스페란토어를 쓰기도 했던 육사는 세계인으로 살아가고 싶어 했던 예술가였다. 청초한 선비 타입의 해사한 얼굴, 깨끗한 셔츠와 구두의 단정한 옷차림. 성격이 다정다감하고 예의를 갖춘 신사가 문우들이 공통적으로 기억하는 그의 모습이다. 육사는 사분사분하게 경기체 말을 쓰려고 했지만 포도송이를 볼 때나 안동소주를 마실 때는 고향을 잊지 못해 남도 가락을 뽑기도 했다고 한다.

신석초는 어느날 육사와 헤어지면서 종로에서 다시 만나자는 약속을 했다. 육사는 그러자고 대답하고는 먼저 가겠다고 했다. 신석초는 일을 끝낸 후 전차를 타고 동대문을 지나면서 걸어가고 있는 육사를 보았다. 이처럼 육사는 친한 사이에도 차표 한 장조차 부탁하지 않는 꼿꼿한 사람이었던 것이다.

지금도 서울 시내 곳곳에 남아 있는 일제강점기의 석조 건물이나 고궁 앞을 지나칠 때마다 나는 육사가 그 앞을 지나가는 모습을 상상해보곤 한다. 몇몇 거리의 이름만 바뀌었을 뿐 그때나 지금이나 서울의 길은 달라지지 않았으니 오래된 건물들을 포위하면서 솟아오른 현대식 빌딩들로 어지러운 이 도시는 육사의 인생만큼이나 복합적이다.

1930년대의 경성은 불균형이 빚어내는 카오스로 혼란스러웠다. 지나친 현란함과 지나친 어둠, 지나친 가벼움과 지나친 무거움. 그 사이에서 많은 이들이 수탈과 악행과 치욕을 잠시 잊을 수 있는 소비 유흥 문화에 빠져들었다. 백화점, 다방, 술집, 영화, 유성기…. 노면 전찻길과 구불구불한 골목길을 따라 식민지의 욕망은 어지러이 돌아다녔다. 하지만 일본인과 한국인, 자본가와 노동자, 그들 사이의 거리는 여전히 멀었다.

일제강점기가 20년을 넘어가면서부터는 독립의 열망이 근대의 욕망과 친일의 기운에 밀리기 시작했다. 돈과 유행을 좇는 왜곡된 근대를 숭배하는 '모던 걸'과 '모던 보이'들은 태어나는 순간부터 제국의 신민이었기에 부모 세대와는 달리 죄책감도 없이 근대의 신문물을 즐겼다.

1930년대 중반에 들어서면서 시사평론을 더욱 왕성히 쓰며 본격적으로 시를 발표하기 시작한 육사는 이러한 시대적 배경 속에서도 희망을 노래했다. 고립되고 고통받는 모든 이들과 함께 새로운 미래를 꿈꾸고, 기다리며, 준비하고자 했다.

그의 적극적인 실천 의지는 1938년에 발표한 수필인 「계절의 오행」에서 "온갖 고독이나 비애를 맛볼지라도, '시 한 편'만 부끄럽지 않게 쓰면 될 것을" 다짐하는 모습에서도 엿볼 수 있다. 그에게는 시를 쓰는 것이 가장 큰 행동이었다. 그리고 오로지 '행동의 연속'만이 있을 따름이었다.

한 개의 별을 노래하자

한 개의 별을 노래하자 꼭 한 개의 별을
십이성좌 그 숱한 별을 어찌나 노래하겠니

꼭 한 개의 별! 아침 날 때 보고 저녁 들 때도 보는 별
우리들과 아-주 친하고 그중 빛나는 별을 노래하자
아름다운 미래를 꾸며 볼 동방의 큰 별을 가지자

한 개의 별을 가지는 건 한 개의 지구를 갖는 것
아롱진 설움밖에 잃을 것도 없는 낡은 이 땅에서
한 개의 새로운 지구를 차지할 오는 날의 기쁜 노래를
목안에 핏대를 올려가며 마음껏 불러 보자

처녀의 눈동자를 느끼며 돌아가는 군수야업의 젊은 동무들
푸른 샘을 그리는 고달픈 사막의 행상대도 마음을 축여라
화전에 돌을 줍는 백성들도 옥야천리(沃野千里)를 차지하자

다 같이 제멋에 알맞는 풍양(豊穰)한 지구의 주재자로
임자 없는 한 개의 별을 가질 노래를 부르자

한 개의 별 한 개의 지구 단단히 다져진 그 땅 위에
모든 생산의 씨를 우리의 손으로 휘뿌려 보자
앵속(罌粟)처럼 찬란한 열매를 거두는 찬연(餐宴)엔
예의에 꺼림없는 반취(半醉)의 노래라도 불러 보자

염리한 사람들을 다스리는 신이란 항상 거룩합시니
새 별을 찾아가는 이민들의 그 틈엔 안 끼여 갈 테니
새로운 지구에단 죄 없는 노래를 진주처럼 흩이자

한 개의 별을 노래하자. 다만 한 개의 별일망정
한 개 또 한 개 십이성좌 모든 별을 노래하자.

『풍림』 1936년 12월

윤동주가 「서시」에서 별을 노래하기 전에 육사는 이렇

게 별을 노래했다. 캄캄한 식민지 시대의 시인들에게 별은 그런 대상이었던 모양이다. 다만, 5년 뒤에 부끄러운 마음으로 조심스레 노래했던 동주와 달리 육사는 노동자들에게 희망을 주며 힘차게 노래한다.

'한 개의 별을 노래하자'고 시작해서 마침내 '십이성좌 모든 별을 노래하자'고 한다. '아롱진 설움밖에 잃을 것도 없는 낡은 이 땅'에서 '생산의 씨'를 뿌리고, '찬란한 열매'를 거두는 그 날을 위해, '한 개의 별을 가지는 건 한 개의 지구를 갖는 것'이니 '한 개의 새로운 지구를 차지할' 그날을 위해 목 안에 핏대를 올려가며 노래하자고 한다.

이 시가 발표된 1936년 7월에 육사는 포항의 동해송도원으로 요양을 하러 갔다. 이어서 8월에는 경주 남산의 옥룡암에서도 휴양을 했으니 이 시기에 건강이 좋지 않았음을 알 수 있다. 그러나 오히려 더욱 강인한 의지로 「한 개의 별을 노래하자」는 시를 씀으로써 폭력과 억압의 시대를 끝내고 모두가 꿈꾸는 해방된 세상의 새로운 역사로 나아가려는 희망을 노래하고 있다.

이듬해 발표한 수필 「질투의 반군성」에는 포항에서 지내는 동안 겪었던 태풍을 묘사하면서 암흑과 폭우에 맞서는 자신의 의지를 아래와 같이 비장하게 표현한다. 그의 가슴속에서 끓어오르고 있는 열정, 위험하고 불길하지만 참을 수 없는 그 열정이 느껴져 호흡을 가다듬게 되는 글이다.

태풍이 몹시 불던 날 밤, 온 시가는 창세기의 첫날밤같이 암흑에 흔들리고 폭우가 화살같이 퍼붓는 들판을 걸어 바닷가로 뛰어나갔습니다. 가서 덩굴에 엎어지락 자빠지락, 문학의 길도 그럴는지는 모르지마는 손에 든 전등도 내 양심과 같이 겨우 내 발끝밖에는 못비치더군요.

그러나 바닷가에 거의 닿았을 때는 파도 소리는 반군(叛軍)의 성이 무너지는 듯하고, 하얀 포말에 번개가 푸르게 비칠 때만은 영롱하게 빛나는 바다의 일면! 나는 아직도 꿈이 아닌 그 날 밤의 바닷가로 태풍의 속을 가고 있을지도 모릅니다.

이 무렵부터 육사가 발표하는 산문은 중수필에서 경수

필로 바뀌기 시작한다. 식민 치하의 암울한 사회를 냉철하게 분석하고 비판했던 시사평론 대신 문화 평론이나 과거의 일들을 추억하는 수필을 더 많이 쓰게 된 것이다. 이것은 일제의 검열과 관련이 있다.

1937년에 중일전쟁을 일으킨 일제는 우리나라를 다시 폭력적으로 지배하기 시작했다. 3·1운동에 놀라서 겉으로나마 부드러운 모습을 보였던 문화 통치를 거두어들인 것이었다. 검열 체계와 사상 통제를 강화하고 모든 행동과 사상을 경찰이 엄중하게 감시했다.

육사는 시 이외에도 수필, 평론, 번역, 한시, 소설, 시조 등 다양한 갈래의 글을 남겼다. 글에서 다룬 주제 또한 사회, 정치, 경제, 그리고 영화예술에 이르기까지 매우 다양하다. 당시의 새로운 예술이었던 영화와 시나리오에 관한 글들을 발표했고, 1938년 창립된 영화예술 동인으로도 참여했다. 그런 점에서 육사는 시인인 동시에 매우 폭넓은 지식과 시야로 현실을 진단하고 분석한 논객이었다.

명동 백작으로 알려진 소설가 이봉구의 수필 「모시옷과 이육사」에는 육사가 그와 함께 「사막의 생령」, 「모로코」, 「외인부대」 같은 영화를 함께 보는 이야기가 나온다. 그때 육사는 영화 얘기를 곧잘 꺼내면서 멋진 문화영화 한 편을 꼭 만들어 보겠다고 했다는 것이다. 단성사에서 「사막의 화원」을 보고 난 뒤부터는 "사막 영화는 색채를 쓰면 효과가 죽어 버리거든, 흑백 영화라야 사막 기분이 나지!"라는 말을 되풀이했다.

그리고 영화의 감흥이 사라지기 전에 종로 뒷골목의 단골 술집으로 이끌었다는 육사는 술이 취하면 곧잘 노래를 부르고 감상에 잠겨 "나는 고독한 사람이야! 허!"라고 중얼거리곤 했다. 이봉구의 수필 「모시옷과 이육사」에 그려진 외로운 육사의 모습을 좀 더 살펴보자.

가을이 깊어지면 술집 문발이 저녁 바람에 펄럭이는 속으로 헤치고 들어가 오뎅 맛을 즐기고 눈 오는 밤이면 배갈집에서 중국 이야기를 쏟아 놓고 자정이 넘어서 고리짝 두 개만이 기다리고 있는 쓸쓸한 하숙방으로 육사는 돌아갔다.

육사는 처자와 가정이 없었다. 이래서 곧잘 우리집에 오면 술상 앞에서 가정의 맛을 즐기려 애썼다. (……중략……)

육사는 우리집에 와서 잔을 나눌 때나 명동 술집에서나 간혹 한복을 입어 보려고 했다.

"떠도는 몸이니 감히…."

하숙방에서 일생을 마칠 것 같은 자기 처지에 모시 적삼에 모시 두루마기는 감히 생각도 하지 못할 피안의 대상이라는 것이다. 그러나 기어코 한번 입고 종로거리를 산책하여 보겠다는데서 육사는 늘 이런 말을 되풀이했다.

한번은 명동에서 술 마시고 오는 길에 종로의 유명한 포목점인 백상회(白商會) 앞에 이르자 육사는 "잠깐만." 하고 발길을 멈추었다.

"저게 한산 모시라는 거지!"

진열장에 놓인 한산 모시를 보고 떠날 줄 몰랐다.

"모시는 왜?"

"입고 싶어서. 백구두와 광당포 중의에 옥색 대님을 치고 모시 두루마기를 한번 입어 봤으면, 이대로 양복만 입다 쓰러질 것 같아서."

육사의 서글픈 감회였다. 영원한 표박자(漂泊者)인 육사의 푸념이기도 했으나 그는 끝내 모시 두루마기는커녕 베 중의적삼 한번 시원스레 입어 보지 못하고 하숙방에서, 다시 이국 철창에서 숨을 모은 것이다.

종로를 걷다 보면, 명동을 지나다 보면, 이봉구의 이 수필이 떠오른다. 육사와 함께 술을 마셨다는 종로 뒷골목은 어디쯤이며 유명한 포목점은 어디쯤에 있었을까? 안국동 네거리에서 안동소주를 팔았다는 집은 또 어디쯤 있었을까? 베이징으로 떠나기 얼마 전, 만추의 종로 오뎅집에서 청주를 마시며 바람에 펄럭이는 문발 포장 사이로 멍하니 바깥을 내다보고 있었다는 육사의 담담한 표정은 과연 어떤 모습이었을지….

「청포도」를 발표했던 1939년 무렵, 육사는 문단에서 말술을 마시는 호주가로 소문이 나 있었다. 그러나 취하지 않는 주호였다. 밤이 새도록 마셔도 싫어하지 않았지만 떠들지도 않았다. 만취하면 아무 말 없이 구두와 양말을 벗거나 조용히 잠을 자는 것이 고작이었다. 그는 기생이나 바(bar) 여자들에게 외잡하지 않고 꽃과 같이 바라만 보면서 술을 마셨다고 한다.

술 권하는 시대였다. 일제는 이 땅에 새로운 건물을 세우고 새로운 문화를 들여오면서 사람들을 돈의 노예로 만들고 있었다. 일제 치하는 영원히 계속될 것 같았다. 식민지 노예의 생활에 익숙해져 무감하게 거리를 걷는 이들 사이에서 육사는 마시고 또 마셨을 것이다. 요시찰인으로 행동이 묶이고 검열로 글쓰기도 막힌 상태에서 마시고 또 마시며 죽음의 땅으로 떠날 결심을 굳히고 있었을 것이다.

육사의 절친인 신석초도 그와 함께 자주 술을 마셨는데, 그 또한 육사가 여자에게 담담한 주객이었고 결코 여자에게 친압(親狎)하지 않는 신사였다고 수필에 썼다. 이런 태도는 아마도 그가 구국 지사로서 정신 단련에 필요로 했던 하나의 계율이었던 것 같다고 하면서 신석초 시인은 뜻밖에 이런 글도 남겼다.

"그에게도 단 한 사람의 비밀한 여성이 있었다는 것을 어렴풋이 짐작하고는 있다. 나는 단 한 번 먼발치에서 그 여성을 바라본 일이 있다. 그는 그 이상 그 여인의 정체를 밝히려 하지 않았던 것이다. 작품 「반묘」와 「해후」 등은 그 영원한 여인에게 준 꽃다발이다."

모든 선진 사상을 흡수·실천했으면서도 정작 가풍을 좇아 일찍 결혼했고 처남의 배신으로 인해 행복한 부부 생활을 이어가지 못했던 육사였다. 그러나 그는 비밀결사 대원답게 자신의 연인조차 철저히 비밀에 부쳤다. 육사가 그녀에게 주었다고 하는 작품 「해후」를 읽어보면 그의 마음을 조금이라도 엿볼 수 있을까?

이봉구의 수필에 따르면 육사는 사막 영화에 빠져들어 "사막에 꽃이 피었다", "사막을 가 보았으면"이라고 그가 엮어온 객고(客苦)라든가 연치(年齒)에 비해 어울리지 않는 야릇한 낭만과 홍분에 싸인 사막타령을 했다고 한다. 바로 그 '사막의 공주'가 등장하는 이 시는 육사의 생전에 발표되지 않았고, 해방 후 출간된 유고 시집에 실렸다.

해후(邂逅)

모든 별들이 비취계단을 나리고 풍악소리 바루 조수처럼 부풀어오르던 그 밤 우리는 바다의 전당을 떠났다

가을꽃을 하직하는 나비 모양 떨어져선 다시 가까이 되돌아보곤 또 멀어지던 흰 날개 우엔 볕ㅅ살도 따갑더라

머나먼 기억은 끝없는 나그네의 시름 속에 자라나는 너를 간직하고 너도 나를 아껴 항상 단조한 물결에 익었다

그러나 물결은 흔들려 끝끝내 보이지 않고 나조차 계절풍의 넋이 같이 휩쓸려 정치못 일곱 바다에 밀렸거늘

너는 무슨 일로 사막의 공주 같아 연지 찍은 붉은 입술을 내근심에 표백된 돛대에 거느뇨 오-안타까운 신월

때론 너를 불러 꿈마다 눈덮인 내 섬 속 투명한 영락(玲珞)으로 세운 집안에 머리 푼 알몸을 황금 항쇄(項鎖) 족쇄로 매여 두고

귀뺨에 우는 구슬과 사슬 끊는 소리 들으며 나는 이름도 모를 꽃밭에 물을 뿌리며 머－ㄴ 다음 날을 빌었더니

꽃들이 피면 향기에 취한 나는 잠든 틈을 타 너는 온갖 화판을 따서 날개를 붙이고 그만 어데로 날러 갔더냐

지금 놀이 나려 선창(船窓)이 고향의 하늘보다 둥글거늘 검은 망토를 두르기는 지나간 세기의 상장(喪章) 같애 슬프지 않은가

차라리 그 고은 손에 흰 수건을 날리렴 허무의 분수령에 앞날의 기(旗)빨을 걸고 너와 나와는 또 흐르자 부끄럽게 흐르자

『육사 시집』 1946년 서울출판사

종암동의 청포도

앞서 이봉구의 수필에서도 보았듯 육사는 하숙방을 떠돌며 혼자 살았다. 난징에서 돌아온 1933년의 재동에서 1938년의 신당동에 이르기까지 이곳저곳을 떠돌며 하숙생활을 했다. 스무 살부터 일본으로 중국으로 공부하러 갔고 군자금 모금 등을 위해 중국과 만주 지역을 돌아다녔으니 그의 떠돌이 생활은 꽤 오래된 것이었다.

그리고 1939년, 마침내 정착한 곳이 종암동이었다. 부모님과 아내, 형님 가족까지 함께 모여살게 된 이곳에서 모처럼 안정감 있는 생활을 해서인지 육사는 1939년에 「청포도」, 1940년에는 「절정」, 「광인의 태양」, 「교목」 등

대표작으로 손꼽히는 시들을 발표하며 작품 활동을 활발하게 했다.

1937년에 어머니와 동생 원일과 함께 대구에서 서울 명륜동으로 주소를 옮긴 기록이 있고, 1939년의 종암동 62번지는 부모님과 큰형님 가족이 살던 큰집이었을 뿐 처음부터 분가했을 것이라는 추측도 있다. 하지만 늘 쫓기며 살았던 육사의 떠돌이 인생에서 주소지와 주거지가 일치하는 것은 기대하기 어렵다.

더구나 그 시절에는 부모님이 계신 집의 상징성이 컸기에 형님 가족까지 함께 사는 집에 동생들이 찾아오면 고향 마을의 집을 옮겨놓은 듯 시끌벅적하면서도 아늑했을 것이다. 육사는 창씨개명을 하지 않았다는 이유로 퇴학당한 장조카에게 한글과 시조를 가르치면서 "일본이 마지막 발악을 하는 것으로 미루어 보아 곧 망할 것이다. 학교에 다니지 못하는 것을 섭섭하게 생각하지 마라. 해방이 되면 너는 다시 교육을 받을 수 있을 것이다."라며 격려하기도 했다고 한다.

무엇보다도 이 무렵, 육사는 오랫동안 멀리했던 아내를 다시 받아들인다. 며느리를 딸처럼 대했던 어머니가 간절하게 권유했다고 한다. 어머니는 "고문 때문에 동지들의 이름을 알려준 처남도 밉고 그의 누나인 아내도 밉겠지만 그런 상황을 만들어낸 일본을 미워해야지 우리끼리 미워해서야 되겠느냐. 네 아내는 그동안 혼자서 시부모를 극진하게 모셨고 형사가 집으로 찾아와 따귀를 때려도 '소박 맞은 내가 남편 있는 곳을 어떻게 알겠냐'라며 당당히 맞섰다."라고 말씀하시면서 며느리를 두둔했다.

육사의 외동딸은 그 덕에 아버지의 마음이 풀려 자신이 태어날 수 있었노라고 이야기한다.

"칠 년 동안 냉대한 후 다시 합쳤을 때, 그동안 마음고생을 시켜 미안했다고 말씀하셨대요. 하지만 나는 당신에게 부끄러운 일을 한 적은 없다, 두고 생각하면 당신에게 그럴 일이 아니었는데 동지들이 잡혀가고 죽고 했으니 그렇게 할 수밖에 없었다, 오랫동안 참으면서 끝까지 자리 지켜줘서 고맙다, 그런 말씀도 하셨다고 하고요."

1941년에 딸을 낳은 명륜동집으로 옮겨간 뒤에도 육사는 본가가 있는 종암동을 자주 찾았을 것이다. 그해 부친상을 당했을 때는 수많은 조문객이 종암동 집으로 찾아왔고, 이듬해에 모친과 형님도 그 집에서 돌아가셨으니 육사에게 종암동은 저절로 발걸음이 옮겨지는 그 어떤 곳이 아니었을까?

현재 종암동 62번지의 근처에는 육사의 생애를 기리고 그가 지켰던 정신을 시민들과 공유하기 위해 성북구에서 건립한 '문화공간 이육사'가 자리 잡고 있다. 육사의 옛집은 오래전에 사라지고 빌라로 바뀐 터라 바로 옆에 적당한 터를 물색해 건물을 올린 것이다.

2019년 12월 17일에 개관한 '문화공간 이육사'의 1층은 북카페 형식의 라운지, 2층은 육사의 생애를 보여주는 상설 전시장이다. 3층은 종암동 주민들도 함께 사용할 수 있도록 다양한 전시와 행사를 할 수 있게 설계되었고 4층 옥상 정원에서도 육사의 숨결을 느낄 수 있다. 육사의 본가가 있던 동네답게, 큰집에 친척들이 수시로 모여들 듯 사람들이 자유롭게 오가는 분위기로 운영되고 있는 것이다.

성북구는 주민들의 뜻을 모아 '문화공간 이육사' 앞의 종암동 북바위길 3구간을 '이육사 시인길'로 명명하고, 마을 어귀에 「청포도」 시비도 세웠다.

「청포도」는 고향을 노래한 낭만적인 시로 해석되기도 하지만, 육사는 이 시에 대해서 지인에게 이렇게 말했다고 한다. "'내 고장'은 '조선'이고 '청포도'는 우리 민족인데, 청포도가 익어가는 것처럼 우리 민족이 익어간다. 그리고 곧 일본도 끝장난다."

시인이 직접 설명한 내용을 토대로 다시 한번 이 시를 읽어보자. '내가 바라는 손님'은 '일제로부터 독립하는 그날'로 다가오는 것을 느낄 수 있을 것이다.

청포도

내 고장 칠월은

청포도가 익어가는 시절

이 마을 전설이 주저리주저리 열리고

먼데 하늘이 꿈꾸려 알알이 들어와 박혀

하늘 밑 푸른 바다가 가슴을 열고

흰 돛단배가 곱게 밀려서 오면

내가 바라는 손님은 고달픈 몸으로

청포(靑袍)를 입고 찾아온다고 했으니

내 그를 맞아 이 포도를 따 먹으면

두 손은 함뿍 적셔도 좋으련

아이야 우리 식탁엔 은쟁반에

하이얀 모시 수건을 마련해 두렴

『문장』 1939년 8월

그가 말했던 대로 '내 고장'은 조선 전체를 말하는 것임을 '하늘 밑 푸른 바다'라는 시어에서도 엿볼 수 있다. 안동에는 바다가 없기 때문이다. '푸른 바다'는 관부연락선을 타고 일본으로 향하면서 처음 보았던 바다일 수도 있고, 포항 동해송도원에서 요양하며 경험했던 역대 최대 태풍 속의 바다일 수도 있고, 정크선 바닥에 숨어 비밀스럽게 중국을 오가며 보았던 바다일 수도 있다.

그래서인지 「청포도」를 새긴 시비는 지금 안동과 포항과 서울에 각각 세워져 있다. 그가 어렸을 적 안동에는 집 앞 마당에 한두 그루씩 심어두었던 청포도가, 그가 요양하러 갔던 포항에는 일제가 세운 포도원이, 그가 「청포도」를 발표한 시절에 살았던 서울 성북구에는 북악산 자락에 포도원이 있었다.

그 모든 것을 보면서 육사는 청포도처럼 익어가는 우리 민족을 생각했을 것이다. 그리고 일본이 끝장날 그날을 기다리면서, 고달픈 몸으로 청포를 입고 찾아올 손님을 노래하고 은쟁반과 하이얀 모시 수건을 노래했다.

육사가 포항 송도원 쪽으로 요양을 갔을 때 친구들과 미쓰와(三輪) 포도원을 구경했다는 증언을 바탕으로 거기서 「청포도」를 구상했다는 주장도 있으나 시인이 직접 말한 기록은 없다. 한국, 중국, 만주, 일본을 떠돌며 독립운동을 했던 육사가 포항에서만 청포도를 보았을까? 그렇게 눈앞에 본 것을 그대로 쓰는 것이 시일까?

처음 보는 외래종 청포도에서 고향의 산머루가 영그는 모습을 떠올릴 수도 있고, 일부 학자의 주장처럼 그 청포도는 아직 덜 익은 '풋포도'를 말하는 것일 수도 있다. 우리는 다양한 주장을 참고로 하여 각자의 마음속에 열리는 청포도를 감상하면 되는 것이다

산머루에서 청포도를 느끼고 강물에서 바다를 느낄 수도 있으니, 이 땅 어느 곳이든 '내 고장'이 될 수 있다. 어쩌면 그 고장은 특정한 장소가 아니라 이 세상에 없는 이상향 같은 곳일 수도 있겠다.

이러한 확장성 덕분에 「청포도」는 지금까지도 우리에게 하나의 노래처럼 애송되고 있다. 육사의 예언처럼 일본의 제국주의는 끝장났지만 아직도 우리가 끝장내야 할 것들이 남아 있음을 알려주듯이…. 청포도처럼 익어가야 할 의지가 아직도 우리에게 남아 있음을 말해주듯이….

'내가 바라는 손님' 또한 윤세주 동지 같은 인물을 특정해서 해석하는 경우가 있으나 역시 독립이나 해방처럼 추상적 개념이 더욱 어울린다. 그러면 지금 이 시대에도 요구되는 '진정한 해방'이나 아직 이루지 못한 '통일', 저마다 못 이룬 '꿈'이 그 자리에 들어서서 진정한 행복을 추구하는 노래로 확장될 수 있기 때문이다.

오래된 전설에서부터 현재에 이르는 시간의 확장, 조그만 포도알에서부터 먼데 하늘에까지 이르는 공간의 확장과 더불어 무한한 꿈의 확장으로 완성되는 「청포도」의 세계는 그래서 놀랍다. 일제의 탄압으로 황폐하게 변해버린 고향의 재건, 폭력과 억압에 지친 사람들의 마음에 대한 풍성한 회복을 생각하다 보면 마침내 자연과 인간이 하나가 되어 함께 어우러지는, 진정으로 해방된 세계가 눈앞에 펼쳐진다. 푸른색과 하얀색의 대비를 통해 표현된 그의 강렬한 염원이 당대를 넘어 현재의 우리 삶에도 맞닿는 지점이라 할 수 있겠다.

이러한 시간과 공간의 의미 구조를 파악하다 보면 청포도와 바다의 상징성을 깨닫게 될 것이고, 신화적이고 초역사적인 시적 초월을 경험하면서 오늘날에도 유효한 기다림의 포괄성을 느끼게 될 것이다.

내가 바라는 손님이 입고 올 '청포(靑袍)' 역시 깊은 맥락 속에서 파악해보면 중국의 시인 두보가 '안록산의 난' 때 썼던 시에 등장하는 '청포 입고, 백마 타고 오는 자'에 닿아 있다. 두보가 안록산 등 반역자들을 그렇게 표현했으므로 '청포, 백마'는 반역자의 표상이 되었고, 한문학에 능통했던 육사는 그것을 혁명가의 표상으로 재구성한 것이다. 그러므로 절명시 「광야」에 '백마 타고 오는 초인'이 등장하는 것은 우연이 아니다.

모두가 꿈꾸는 평화롭고 해방된 세계는 거저 다가오지

않는다. 청포를 입고서 혁명적 행동으로 쟁취해야 하는 것이다. 푸른 바다를 건너서 고달픈 몸으로 찾아올 그 세계를 우리는 은쟁반과 하이얀 모시 수건으로 준비해야 할 것이니, 칠월은 바로 그러한 밝은 미래를 기다리는 시간이다. 농부가 땀 흘려 일하는 한여름, 곡식과 과일이 익어가기를 기다리는 수고로운 시간.

육사가 군관학교를 졸업하고 난징에 머물 때 구입한 비취 도장에는 모시(毛詩) 칠월장 한 편이 새겨져 있었다고 했다. 모시 칠월장은 『시경』의 빈풍 칠월 편을 말하는데, 수필 「연인기」에 "고향이 그리울 때나 부모형제를 보고 싶을 때는 이 인장을 들고 보고 칠월장을 한번 외워도 보면 속이 시원하였다."라고 썼으니 그가 이 시를 얼마나 좋아했는지 알 수 있다. 그러나 이 비취 도장은 상하이를 떠나면서 소중한 동지에게 기념품으로 주었다.

3년 후에 육사는 어머니의 회갑 기념 병풍에 빈풍 칠월 편을 적었다. 형제들과 함께 마련한 이 열두 폭 병풍은 현재 이육사문학관에 전시되어 있는데 동생 원일이 글씨를 쓴 것으로 첫 폭에 七月流火 九月授衣(칠월류화 구월수의)라고 적혀 있다. 7월이 되면 더위를 상징했던 별 화성이 서쪽으로 흘러 자리를 비킨다는 의미로 더위가 끝나고 가을이 다가온다는 뜻이다.

그리고 다시 3년이 지난 뒤에 육사는 '내 고장 칠월은 청포도가 익어가는 시절'로 시작하는 시 「청포도」를 발표했다. 그 시절에는 음력을 썼으므로 7월은 양력 8월을 말하는 것일 터이니, 그로부터 6년 뒤의 8월에 다가온 해방은 그야말로 청포도가 익어간 결과처럼 나타났다.

강철로 된 무지개

육사의 가족이 종암동에 정착했던 1939년, 지구상에서는 제2차대전이 시작되었다. 전쟁에 몰두하는 소수의 강대국과 그들의 식민지가 된 다수의 약소국으로 세계가 나뉘어졌던 시기였다. 우리나라를 강제로 빼앗고서도 한일합방이라 주장하며 수탈과 만행을 저질러오던 일제는 이제 군국주의의 깃발 아래 우리를 전쟁의 노예로 만들고자 했다.

그러한 시절에 육사는 시를 썼다. 총탄과 화약 냄새 가득한 지구에서 누군가 시를 쓴다는 것 자체가 귀한 시절이었다. 군가가 아니라 아름다운 노래를, 그것도 식민지의 예술가가 고단함을 딛고 노래한다는 것은 더더욱 귀했다. 그러나 그것이 단순한 아름다움의 노래가 아니었음을 우리는 앞서 「청포도」를 통해서 살펴보았다.

그리고 1940년 새해는 육사가 「절정」을 발표하면서 시작되었다. 「절정」에서부터 그의 시는 낭만적이고 향토적인 색채보다 저항의 의지가 더욱더 단단하게 드러나기 시작한다. 산문은 검열을 피해서 가벼운 수필 종류만 발표할 수 있었으므로 이때부터는 시를 통해 저항의 몸짓을 더욱 강인하게 보여주게 된 것이다.

나는 안동에 갈 때마다 왕모산 칼선대를 바라보며 「절정」을 생각해 본다. 서울 동쪽으로 가면 멀리 눈에 들어오는 북한산 인수봉을 보면서도 「절정」을 떠올리게 된다. 그 시절 종암동에서는 인수봉이 잘 보였을 것이다. 칼끝처럼 좁은 바위 끝을 바라보며, 육사가 다짐했을 길을 생각해 본다. 이 땅의 문인들이 거의 대부분 변절하여 친일로 돌아서거나 침묵했을 때, 그가 걸어갔던 정반대의 길.

절정

매운 계절의 채찍에 갈겨
마침내 북방으로 휩쓸려오다

하늘도 그만 지쳐 끝난 고원(高原)
서릿발 칼날진 그 우에 서다

어데다 무릎을 꿇어야 하나?
한발 재겨 디딜 곳조차 없다

이러매 눈감아 생각해볼밖에
겨울은 강철로 된 무지갠가 보다.

『문장』 1940년 1월

이 시의 '북방'은 단순히 북쪽 방위의 어느 한 지점이 아니라 그가 처해 있는 상황의 절박함으로 읽힌다. 한발 재겨 디딜 곳조차 없는 막막함. 더 이상 물러설 수 없는 극한 상황. 어쩔 수 없는 상황이지만 스스로 선택한 것이기에 몸을 꼿꼿이 세우고 있는 그의 모습이 보이는 듯하다. 칼날 같은 추위 속에 칼끝 위의 절정에 오른 그는 고독과 몰입 속의 또다른 절정을 맛보고 있는 것도 같다.

「절정」의 최고 미덕은 고통의 절정이 희망의 절정으로 바뀌는 지점에 있다. 그리하여 육사는 이 시를 통해 진정한 참여와 저항의 방법을 보여준 선구적 시인으로서 자리매김했다. 기승전결의 4단 구성과 한시의 구조적 특성으로 동양문화의 시 전통에 닿아 있는 「절정」은 선비의 기품과 강렬함으로 유림 문학의 세계관을 지니고 있다. 또한 한국 현대시에 남성적이고 대륙적인 색채와 체질을 불어넣은 것으로 평가받는다.

「절정」과 함께 시작된 1940년에 육사는 가장 많은 시를 발표했다. 「소년에게」, 「반묘」, 「광인의 태양」, 「일식」, 「교목」, 「서풍」 등의 시와 함께 「청란몽」, 「은하수」 등의 수필도 발표했다. 1941년 역시 1월부터 시 「독백」을 비롯하여 여러 시와 수필, 문예비평까지 활발하게 발표했다.

한글로 작품을 발표할 지면이 사라지고 있는 상황에서 창작 활동을 더욱 열심히 했던 것이다.

이 시기에 일본 제국은 한국인을 일왕에 충성하는 백성으로 만들고자 황국 신민화 정책을 강요하였다. 전국의 각 면에는 일본 왕실의 조상신이나 자기 나라에 공을 세운 자의 위패를 모아둔 신사를 세워 참배를 강요했고, 이를 거부하는 사람은 처벌했다. 학교에서는 우리말 사용을 금지했고 소학교의 명칭도 '초등학교'로 바꾸었는데, 그들이 바라는 '국민'이란 스스로 전쟁터에 나가 일본 천황을 위해 목숨을 바칠 수 있는 황국 일본의 신민이었다.

또한 창씨개명을 단행하면서 종합 일간지의 폐간도 강행하였다. 그 결과 언론과 창작의 자유가 말살되고 숱한 인사들이 이름을 바꾸면서 친일의 길로 들어섰던 암흑기가 시작되었다. 1940년 8월에 『조선일보』와 『동아일보』를 폐간한 데 이어 1941년에는 『문장』과 『인문평론』도 자진 폐간이라는 명목으로 발간을 정지시켰는데, 육사는 『문장』이 폐간되던 4월호에 3편의 시를 한꺼번에 발표하기도 했다.

이 무렵 육사는 딸을 얻는다. 10년 전에 얻었던 아들을 만 2세에 잃고 이후에 얻은 딸도 백일 전에 잃었던 터라 37세에 외동딸을 얻은 그는 몹시 기뻐했다. 그러나 곧이어 부친상을 당하게 되어 장례를 치른 뒤, 폐질환이 심해져서 경주에 머물며 요양을 하게 된다. 잦은 고문과 감옥생활로 쇠약해진 몸에 마음의 슬픔까지 겹친 육사는 그해 가을에 병세가 악화되어 성모병원에 입원하게 된다. 참으로 힘든 가운데서도 창작과 발표에 몰두했던 1941년이었다.

그해 12월, 그는 「파초」라는 시를 발표한다. 육사가 지면을 통해 발표한 마지막 시였다. 이듬해 두 편의 수필을 발표한 뒤 그는 붓을 꺾었다.

천년 뒤의 만남을 기약하고 또 헤어짐을 말하는 이 시는 누구를 향한 것일까? 그가 사랑했다는 비밀의 여인? 강철 무지개 같은 길 위에서 만나고 싶은 동지? 어쩌면, 시대의 아픔 속에 제대로 피어나지 못한 그의 예술혼을 향한

절창인지도 모르겠다.

파초

항상 앓는 나의 숨결이 오늘은
해월(海月)처럼 게을러 은빛 물결에 뜨나니

파초 너의 푸른 옷깃을 들어
이닷 타는 입술을 축여주렴

그 옛적 사라센의 마지막 날엔
기약 없이 흩어진 두 낱 넋이었어라

젊은 여인들의 잡아 못논 소매 끝엔
고흔 손금조차 아직 꿈을 짜는데

먼 성좌와 새로운 꽃들을 볼 때마다
잊었든 계절을 몇 번 눈 우에 그렸느뇨

차라리 천년 뒤 이 가을밤 나와 함께

비ㅅ소리는 얼마나 긴가 재어보자

그리고 새벽 하늘 어데 무지개 서면

무지개 밟고 다시 끝없이 헤어지세

『춘추』 1941년 12월

딸에게 지어준 두려운 이름

육사는 외동딸에게 옥비라는 이름을 지어주었다. 옥비 여사는 83세가 된 지금까지도 이름이 예쁘다는 이야기를 많이 듣는다고 한다. 그러나 그 이름의 뜻을 알게 되면 누구나 놀라게 된다.

기름질 옥(沃)에 아닐 비(非). 기름져서는 안 된다는 뜻이다. 비옥하게 살지 말고 소박하게 욕심 없이 담백한 삶을 살아가라는 의미다. 육사는 37세에 얻은 외동딸에게 어쩌자고 이런 가난한 이름을 지어주었을까? 아무리 청빈을 추구하는 가풍 속에 자랐다 해도 쉽사리 이해할 수 없는 일이다. 그러나 그가 수인번호 264를 필명과 호로 삼았던 것을 생각하면, 경계하는 마음이 딸의 이름에까지 잇닿아 있음을 깨닫게 된다.

이옥비 여사는 2007년부터 안동에 정착해서 이육사기념사업회의 상임이사로 이육사문학관을 지키고 있다. 어머니, 삼촌들을 비롯한 친척들이 들려준 이야기를 바탕으로 육사에 대한 증언을 많이 해주고 있으며, 독립운동가의 후손으로서 여러 가지 활동을 왕성히 해나가고 있다.

"어머니는 제가 어릴 적부터 자장가처럼 아버지에 대한 기억을 들려주셨어요. 형제간 우애나 집안 어른들의 삶까지…. 늘 같은 얘기라 나중엔 듣기 싫었는데 그 이야기를 제가 지금 사람들에게 들려주고 있네요."

육사가 40세의 나이로 순국할 때 아내 안일양(安一陽)은 38세, 옥비는 3세였다.

"어머니께서는 아버지 돌아가시고 나서 '이대로 죽어야 되겠구나' 하고 3일을 굶었는데 제가 옆에서 '엄마, 배고프니까 밥해먹자' 이래서 정신이 번쩍 들어서 살았다고,

그 이야기를 많이 하셨어요. 그때부터 죄인이라며 흰옷만 입으셨는데 환갑 때 색깔옷을 해드리고 싶다고 설득했더니 겨우 옅은 색으로 걸치시더군요. 제가 혼인을 하고 나서 남편과 함께 어머니를 모시고 다녔지 그 전에는 어디 놀러다니지도 않으셨어요. 78세에 작고하실 때까지 흐트러짐이 전혀 없으셨죠."

육사의 아내는 삯바느질부터 하숙집, 국수 장사, 건어물 장사 등 다양한 일을 하면서 꿋꿋하게 가정을 꾸려나갔다. 덕분에 육사가 독립운동에 몰두할 수 있었고, 어린 딸도 혼자서 키워낼 수 있었다.

"어머니는 제가 고등학교를 졸업하자마자 바느질을 배워 시집가라고 재봉틀을 사주셨어요. 몰래 장학금 받아 대학에 들어가긴 했지만 결국 졸업하기 직전에 혼인했죠. 어머니가 원하는 대로, 돈은 많지 않아도 직장 하나 튼튼하고 아내를 아껴주는 가정적인 남자랑…. 어머니는 사위에게, 내 딸이 방바닥 바르고 연탄 아궁이 고치지만 않으면 되니 그저 사랑해 주기만 하라고 말씀하셨어요.

그 말에서 어머니의 외롭고 고달팠던 삶이 떠올라 너무 가슴이 아팠죠."

국어 선생님이 교과서에 나오는 아버지의 시를 읽으라고 하면 어딘가로 숨고 싶었다는 딸. 친구들은 아버지가 시인이고 독립운동가라서 좋겠다고 말했지만 지게꾼이라도 좋으니 아버지가 곁에 살아 있으면 얼마나 좋을까 늘 생각했다는 딸.

이런 딸을 얻고서 3년 뒤에 떠날 것을 육사는 예감이라도 했던 것일까? 그해 봄, 딸의 출생과 부친의 죽음 사이에 발표한 시 「자야곡」은 이토록 쓸쓸한 무덤을 노래하고 있다.

자야곡(子夜曲)

수만 호 빛이래야 할 내 고향이언만
노랑나비도 오쟎는 무덤 우에 이끼만 푸르리라

슬픔도 자랑도 집어삼키는 검은 꿈

파이프엔 조용히 타오르는 꽃불도 향기론데

연기는 돛대처럼 날려 항구에 들고

옛날의 들창마다 눈동자엔 짜운 소금이 저려

바람 불고 눈보라 치쟎으면 못 살리라

매운 술을 마셔 돌아가는 그림자 발자취 소리

숨막힐 마음속에 어데 강물이 흐르뇨

달은 강을 따르고 나는 차디찬 강 맘에 들리라

수만 호 빛이래야 할 내 고향이언만

노랑나비도 오쟎는 무덤 우에 이끼만 푸르리라

『문장』 1941년 4월

노랑나비도 오쟎는 무덤 우에 이끼만 푸르리라. 이 구절은 육사 유고 시집의 표지에 쓰였다. 이육사문학관의 북카페 이름에도 '노랑나비'가 쓰였다. 창밖으로 육사의 고향 풍경이 펼쳐지는 북카페 '노랑나 '에서 나는 이옥비 여사로부터 많은 이야기를 들었다. 소설을 쓰기 위한 취재의 일환이었으나 인간적으로도 가까워지는 계기가 되었던 인터뷰였다.

"할머니께서는 여섯 아들에게 술과 담배도 함께 하라고 하셨대요. 형제들이 너무 법도에 얽매이게 되면 우애를 해치게 된다고 말이죠. 그래서인지 아버지께서 돌아가시고 난 뒤엔 삼촌들이 어머니에게 술을 가르쳐 드려서 술친구가 되셨다고 해요. 형수님이 아니라 누님이라고 하면서 어머니를 위로해주셨던 거죠. 요즘처럼 교통이 편리할 때도 아닌데 삼촌들은 한 달에도 서너 번씩 대구로 내려오셔서 저를 끌어안고 볼을 비비며 울다가 어머니와 술을 마시곤 했어요. 삼촌들은 아버지를 생각하며 저를 끌어안고 우셨겠지만 저는 그게 깔끄럽고 싫어서 삼촌들이 서울서 내려온다는 연락이 오면 미리 이웃으로 도망을 가기도 했지요. 삼촌들이 모두 멋쟁이여서 친구들이 구경을 올 정도였는데도 말이죠."

불편했던 어린 시절을 회상하면서도 그녀의 얼굴은 아이처럼 행복한 표정이 되곤 했다. 아버지를 잃은 그녀를 안타까워하며 자주 찾아와주었던 삼촌들의 마음을 이제는 이해할 수 있기 때문이리라.

"아버지도 멋쟁이었다고 들었는데 삼촌들도 모두 그랬어요. 큼직한 코트를 멋스럽게 입거나 베레모에 망토를 걸치기도 했고 승마복 같은 옷을 입었던 것도 기억나요. 하지만 이런 삼촌들과의 만남도 오래 가지는 못했죠. 해방 후에 셋째 원일 삼촌과 넷째 원조 삼촌이 월북했고, 형님들 찾으러 북으로 갔던 다섯째 원창 삼촌도 실종되었거든요."

"힘드셨겠어요. 그 당시엔 연좌제가 있었으니…."

"그렇죠. 아버지나 삼촌의 흔적을 찾고 싶어도 행여 자식들에게 피해가 갈까 봐 침묵했던 시간이 길었습니다. 넷째 원조 삼촌은 숙청당해 옥사했다고 알려졌고, 다섯째 원창 삼촌은 6·25 무렵 해주에서 폭격을 맞아 돌아가셨다는 소식이 들렸어요. 셋째 원일 삼촌의 아들은 나중에 평양시장이 됐다는 얘기도 있었는데, 그 얘기가 오갈 때 제 남편이 어딘가로 불려가서 종일 조사를 받기도 했어요. 저와 결혼하기 전의 일이니 모른다고만 했다는데, 사촌 오빠는 며칠 동안 조사받았다고 하더군요."

그런 시절이었다. 해방 전에는 독립운동을 하는 이들이 사상범이었다면 한국전쟁 이후에는 정치 이념이 다른 이들이 사상범이 되어 탄압받았고 그 가족들까지도 고통을 받았다.

육사의 독립운동 활동에 대한 연구가 시에 대한 관심보다 훨씬 늦게 시작된 까닭 또한 여기에 있다. 형제들이 해방 후 월북했다는 이유로, 또한 육사가 사회주의에 관심을 가졌다는 이유로 그는 '민족시인'이라는 이름 속에 오래 갇혀 있었던 것이다.

"당시의 많은 지식인처럼 삼촌들도 공산주의를 유토피아로 생각했던 것 같아요. 삼촌들이 우리 집에 오면 유토피아 세계를 들려주셨다고 어머니도 말씀하셨죠. 어머니는 배우지 않고 시집왔지만 뭐든 한번 보면 잘하는 재주가 있어서 할머니로부터 글을 배워 신문 사설도 읽고 삼촌들과 토론할 수준까지 되었다고 해요. 함께 술 마시며 옛날 얘기부터 나라 돌아가는 얘기까지 나누다 보면, 아버지도 해방 이후까지 살아계셨다면 삼촌들처럼 친일 세력이 판치는 상황을 견디지 못하셨을 거라는 생각이 들었다고 하더군요. 저도 아버지가 아나키스트였다고 생각해요. 해방 이후에도 아마 친일파에게 고개 숙일 바에는 북으로 가서 혁명의 이념을 실현하려고 하셨을 것 같아요."

거침없이 말하는 그녀의 모습에서 육사의 그림자가 어른거렸다. 남성적이고 대륙적인 색채의 시에서 느껴지던 육사의 강인한 체질을 그녀가 물려받은 것 같았다. 그가 남긴 한 점 혈육은 그렇게 우리 옆에 존재하고 있었다.

4장

세월에 불타고 우뚝 남아서서

경주, 나의 아테네

딸을 얻고 부친을 잃은 그해 가을에 성모병원에 입원했던 육사는 이듬해인 1942년 2월에 퇴원했다. 퇴원 직전에 발표한 수필 「계절의 표정」에서 그는 자신의 병이 시작된 과정을 자세히 묘사하고 있는데, 한여름 내 모든 것이 귀찮고 싫었으며 가을이 되자 으레 떠나던 여행도 가지 않고 가을에 관한 시들만 보았다고 썼다.

그러다가 "홀연히 사지가 뒤틀리는 듯하고 오슬오슬 추우면서 입술이 메마르곤 하였다. 목 안이 갈하고 눈치가 틀리기도 하였지마는 그냥 쓰러진 채 어떻게 되었는지도 모른다. 그다음 날 아침에 자리에서 일어났을 때는 머리가 무거운 것이 지난밤 일이 마치 몇천 년 전에도 꿈속에서나 지난 듯 기억에 어렴풋할 뿐이었다. 그때야 비로소 나는 병이란 것을 깨달았다." 하였으니 잦은 투옥과 고문에서 비롯된 폐질환이 심상치 않은 것을 느끼고 벗들이 권하는 대로 경주로 요양을 떠나게 된 것이었다.

경주로 간다고 해서 떠난 것은 박물관을 한 달쯤 봐도 금관, 옥적(玉笛), 봉덕종(奉德種), 사사자(砂獅子)를 아무리 보아도 싫증이 날 까닭은 원체 없다. 그뿐인가, 어디 일초 일목(日草一木)과 일토 일석(一土一石)을 버릴 배 없지마는 임해전(臨海殿) 지초(支礎)돌만 남은 옛 궁터에서 가을 석양에 머리칼을 날리며 동남으로 첨성대를 굽어보면 아테네의 원주(圓柱)보다도, 로마의 원형 극장보다도 동양적인 그 주란 화각(朱欄畵閣)에 금대 옥패(金帶玉佩)의 쟁쟁한 옛날 소리가 들리지 않는가? 거기서 나의 정신에 끼쳐 온 자랑이 시작되지 않았느냐? 그곳에서 고열로 인해 죽는다고 하자. 그래서 내 자랑 속에서 죽는 것이 무엇이 부끄러운 일이냐? 이렇게 단단히 먹고 간 마음이지만, 내가 나의 아테네를 버리고 서울로 다시 온

이유는 시골 계신 의사 선생이 약이 없다고 서울을 짐짓 가란 것이다. 서울을 오니 할수없어 이곳을 떼를 쓰고 올밖에 없었다.

그리고 그는 퇴원을 한 뒤 다시 경주로 갔다. 위에 인용한 수필 「계절의 표정」에서 경주를 '나의 아테네'라고 표현한 것을 보아도 알 수 있듯이 육사는 경주를 사랑했다. 경주에서 지인들에게 보낸 편지나 엽서, 그리고 경주에서 찍은 사진 등을 통해서도 우리는 그것을 느낄 수 있다.

기록에 남은 것만으로 유추해 보아도 그는 최소한 다섯 차례 이상 경주를 찾았다. 안동에서 태어나 16세까지 자랐고 이후 28세까지 일본과 중국으로 유학하면서도 주거지는 대구였으므로 경주는 그의 생활권에서 멀지 않은 곳이었다. 육사는 30세 이후의 서울 생활 중에 문인으로서 경주에 대한 기록을 많이 남겼다.

유고시인 「꽃」에 등장하는 꽃성을 석굴암 원형당의 상징인 도리천궁으로 본다거나 유고 시집에 실린 「나의 뮤즈」에서 육사가 "외골수로 독립운동을 노래하는 건달바를 자처하였다"라는 해석도 있는 바, 경주를 자주 찾았던 그는 신라의 불교문화에 심취하고 그것을 시에 반영했다.

실제로 석굴암의 전실 벽에는 사자관을 쓴 건달바가 새겨져 있으니 다음 생에는 그렇게 하늘을 날아다니며 노래하는 자유로운 존재로 살고 싶어 했을지도 모를 일이다. 인드라의 궁전에서 악기를 연주하며 날아다니는 건달바처럼 천상의 음악 같은 시만 쓰면서 살고 싶었을지도….

경주에서 육사가 가장 오래 머물렀던 곳은 옥룡암이었다. 경주 남산에서 북동쪽으로 흐르는 계곡인 탑골에 자리 잡은 암자인데, 육사가 요양했던 건물은 삼소헌으로 아직 그 모습이 남아 있다. 오래된 소나무가 앞을 지키고 있는 세 칸짜리 소박한 건물이다. 삼소헌을 지나면 대웅전이 나타나고 그 왼쪽 옆 소나무 군락지 사이로 일명 '부처바위'가 보인다. 1963년에 보물 제201호로 지정된 경주 남산 탑골 마애조상군이다.

높이가 9m이고 둘레가 30m나 되는 이 바위에 신라 사람들은 여러 가지 그림을 새겨 넣어 불국정토를 표현하였다. 사각형 바위의 네 방향에는 모두 돋을새김된 조각이 가득한데 세월 속에 흐려진 것을 빼고도 서른 개가 훨씬 넘는다. 깨달음을 얻은 부처상, 깨달음을 구하는 보살상, 연꽃 무늬를 조각한 받침대, 여러 자세의 스님상, 하늘을 나는 비천상, 날개 같은 꼬리를 지닌 사자상, 커다란 9층 탑과 7층 탑, 보리수, 능수버늘, 대나무….

그 모든 것이 자유롭게 바위에 자리 잡고 있으니 보고 또 봐도 질리지 않는 예술 작품이다. 그중에서도 옷자락을 휘날리며 날아다니는 비천상에 육사의 눈길은 오래 머물렀을 것이다. 일곱 개의 비천상이 있는 동쪽 면을 하염없이 바라보기도 했을 것이다.

불교의 나라에서 허공을 날며 악기를 연주하는 비천은 언뜻 전설 속의 선녀 같은 모습이어서 그리스 신화에 나오는 예술과 학문의 여신인 뮤즈처럼 보이기도 한다. 하지만 불교에서 비천은 향만 먹으며 음악을 담당하는 신인 건달바이니 석굴암 벽면에 새겨진 건달바를 보기 위해 토함산까지 올라가지 않아도 우리는 이 벽면에서 만나볼 수 있다.

신라인들이 바위에 온갖 그림을 새기면서 표현하려 했던, 자유롭고 평화로운 완벽한 세계를 눈앞에 그려보면서 육사는 이 부처바위를 바라보지 않았을까? 그것은 기독교에서는 천국일 것이고 불교에서는 극락일 것이다. 육사에게 그것은 일제로부터 해방된 조국, 식민지 이전의 고향이었을 것이다.

경주에 갈 때면 나는 옥룡암에 들러서 부처바위 앞에 서본다. 평화로운 세상에서 예술가로 살고 싶어 했을 육사의 마음을 생각해 본다. 그러다 보면 자연스레 육사의 시 한 편이 떠오른다.

나의 뮤-즈

아주 헐벗은 나의 뮤-즈는
한번도 기야 싶은 날이 없어
사뭇 밤만을 왕자처럼 누려왔소

아무것도 없는 주제였만도
모든 것이 제 것인 듯 뻐티는 멋이야
그냥 인드라의 영토를 날아도 다닌다오

고향은 어데라 물어도 말은 않지만
처음은 정녕 북해안 매운 바람 속에 자라
대곤(大鯤)을 타고 다녔단 것이 일생의 자랑이죠

계집을 사랑커든 수염이 너무 주체스럽다도
취하면 행랑 뒤ㅅ골목을 돌아서 다니며
보(袱)보다 크고 흰 귀를 자주 망토로 가리오

그러나 나와는 몇 천겁 동안이나
바로 비취가 녹아나는 듯한 돌샘ㅅ가에
향연이 벌어지면 부르는 노래란 목청이 외골수요
밤도 지진하고 닭 소리 들릴 때면
그만 그는 별 계단을 성큼성큼 올라가고

나는 초ㅅ불도 꺼져 백합꽃밭에 옷깃이 젖도록 잤소

『육사 시집』 1946년 서울출판사

육사가 성모병원에서 퇴원한 뒤 여름에 다시 경주를 찾은 것은 모친상 때문이었다. 1년 사이에 부친상과 모친상을 차례로 당한 슬픔이 겹쳐 그의 몸은 쇠약해질 대로 쇠약해졌다. 육사는 옥룡암에서 신석초에게 보낸 편지에 "나는 삼 개월이나 이곳에 있겠고 또 웬만하면 영영 이 산 밖을 나지 않고 승(僧)이 될지도 모른다. 그것이 곧 부럽고 편한 듯하다."라고 썼다.

그러나 육사는 2개월도 지나지 않아 다시 서울로 돌아가야 했다. 이번에는 형의 부음 때문이었다. 잇달아 가족의 장례를 치른 그는 몸을 가눌 수 없을 만큼 힘들어서 수유리에 있는 외숙 허규의 집에 머물게 된다.

그해 12월 1일 자 『매일신보사진순보』에 발표한 「고란」이라는 수필에 이때의 생활이 묘사되어 있는데, 외숙으로부터 한시(漢詩) 이야기나 들으면서 자연에 깃드는 정적(

靜的)인 생활을 하고 있다고 쓰면서도 '아직도 자연에 빰을 비빌 정도로 친하여지지 못함은 역사의 관계가 더 큰 것도 같다. 다시 말하면 공간적인 것보다는 시간적인 것이 나에게 보다 더 중요한 것만 같다'고 하였으니 한가로워 보이는 요양 생활 속에서도 그의 단단한 마음과 의지가 느껴진다.

결과적으로 「고란」은 그의 마지막 발표작이 되었다. 중국산 말리화차를 마시며 20년 전 북경 생활에서 맛보던 그 맛을 느끼고 말리화의 향내를 통해 강남의 생활에서 어떤 잊지 못할 기억을 재생한다 하였으니 "말리화차를 마시면서 강남의 봄을 그려본다"라는 마지막 문장에서 우리는 그가 무엇을 그리워하며 무엇을 도모하고 있었는지 엿볼 수 있다.

1942년은 태평양전쟁을 일으킨 일제가 우리 민족을 전쟁 노예로 동원하며 날뛰기 시작한 때였다. 육사가 그해 옥룡암에 머물 때 찾아온 지인에게 「청포도」에 대해 이야기하면서 일본이 곧 끝장날 것이라고 말한 것은 그러한 시대적 상황과도 관련되어 있다. 이때 육사가 "어떻게 내가 이런 시를 쓸 수 있었을까?"라고 덧붙여 말한 것은 득의작(得意作)에 대한 흐뭇함뿐만 아니라 스스로 예측했던 대로 국제 정세가 흘러가는 것에 대한 놀라움의 표현이기도 했을 것이다.

그만큼 그는 우리의 독립과 일본의 패망을 확신했기에 이듬해에 무기를 반입하기 위해 베이징으로 떠났다. 한없는 슬픔을 딛고 오히려 행동으로 나아간 육사의 위대함이 돋보이는 지점이다.

이 무렵에 육사가 윤세주 동지와 허형식 장군의 소식을 알게 되었다면 슬픔이 가늠할 수 없이 커졌을 것이다.

중일전쟁이 일어나자 사회주의 계열의 독립운동 단체가 연합하여 중국 관내 최초의 한인 무장 부대인 조선의용대를 조직했는데, 1941년 여름에 조선의용대의 다수 병력은 항일 투쟁을 더욱 적극적으로 펼치기 위해 화북 지방으로 이동했다. 그리고 타이항산을 중심으로 활동하며 일본군의 소탕 작전에 맞서 싸우다가 지도자인 윤세주가 전사했던 것이다.

외당숙이지만 육사보다 다섯 살이나 어렸던 허형식 장군도 동북항일연군의 한국인 유격대를 이끌다가 1942년 8월에 일제의 포위망에 걸려 전사하고 말았다. 일제 관동군이 비행기와 탱크를 몰고 동북 일대를 빗질하듯 토벌할 때 다른 이들처럼 소련으로 피신하지 않고 끝까지 맞서 싸웠던 그는 만주 최후의 파르티잔이라고 불렸다.

아직 젊은 그들의 죽음 앞에서 육사는 살아있다는 사실을 치욕처럼 느꼈을지도 모른다. 그래서 그 엄혹한 시기에 죽음으로 나아가듯 베이징으로 가서 끝내 옥사했던 것이다.

외숙을 찾는 노시인들과 시회(詩會)를 열거나 시담(詩談)을 하면서 일견 여유롭게 요양하는 듯 보였으나, 그는 가족과 동지의 죽음에 둘러싸여 있었다. 한시를 함께 짓는 시회도 한글 사용에 대한 규제를 받자 도피와 저항의 방법으로 선택한 길이었다.

그해 가을, 일제는 조선어학회를 독립운동 단체로 규정

하고 내란죄를 적용해 회원들을 잡아들이며 우리의 말과 글을 완전히 말살하려 했다.

다시 대륙으로

1943년 신정은 큰 눈이 내려 온통 서울이 새하얀 눈 속에 파묻혀 있었다. 아침 일찍이 육사가 찾아왔었다. 그리고 문에 들어서자마자 나를 재촉하여 답설을 하러 가자고 하였었다. 중국 사람들은 신정에 으레 답설을 한다는 것이다.

조금 뒤에 우리는 청량리에서 홍릉 쪽으로 은세계와 같은 눈길을 걸어갔다. 우리의 발길은 우리도 모르는 사이에 임업 시험장 깊숙이 말끔한 원림 속으로 옮겨가고 있었다. (……중략……)

"가까운 날에 난 북경엘 가려네."

하고 육사는 문득 말하였다. 나는 저으기 가슴이 설렘을 느

꼈다. 한참 정세가 험난하고 위급해지고 있는 판국에 그가 북경행을 한다는 것은 무언가 중대한 일이 있다는 것을 직감케 하고 있었다. 그때 북경 길은 촉도(蜀道)만큼이나 어려운 길이었다. 나는 가만히 눈을 들여다 보았다. 언제나 다름없이 상냥하고 사무사(思無邪)한 표정이었다. 그 봄에 그는 표연히 북경을 향하여 떠나간 것이다.

- 신석초 시인의 이육사론 「이육사의 인물」(1981) 중에서

서울에서 육사의 흔적을 찾는 답사를 진행할 때마다 나는 이 길을 참가자들과 함께 걷는다. 청량리역에서 홍릉숲까지, 태평양전쟁의 전황이 날로 심각해지고 있는 와중에 죽음의 길과도 같은 베이징행을 밝히면서 육사가 석초와 함께 걸었던 길이다.

이 답사는 항상 청량리역에서 시작하는데 이곳은 육사가 베이징 일본영사관 헌병대로 끌려가기 전에 아내와 어린 딸의 얼굴을 마지막으로 보았던 장소이기도 하다. 그리고 몇 달 뒤, 그는 베이징의 차가운 지하 감옥에서 세상을 떠났다.

청량리는 일제강점기에 논밭만 가득했고 당시 경성 사람들이 바람 쐬러 나가는 곳이었다. 조선시대부터 한양의 동쪽 관문이기는 했지만 그저 스쳐지나갈 뿐 사람이 많이 머물러 사는 지역은 아니었다.

그런데 1943년 첫날에 육사와 석초가 청량리에서부터 답설을 시작했던 것은 그곳에 전차 종점이 있었기 때문이었다. 1899년에 개통된 우리나라 최초의 전차 노선은 서대문에서 종로를 거쳐 청량리까지 이어졌다. 1895년에 시해된 명성황후가 홍릉에 묻힌 뒤 이어지던 고종의 능행과 함께하는 길이었다.

청량리역 앞의 길 이름이 '왕산로'인데, 구한말의 의병대장인 왕산 허위가 바로 그곳까지 의병 연합군을 이끌고 서울 진공 작전을 펼친 것을 기념하여 도로명을 붙인 것이다. 육사는 어머니 허길의 당숙인 허위의 호가 훗날 청량리역 앞길의 이름이 될 줄 알았을까? 허위 가문에서 육사를 비롯한 14인의 독립운동가가 배출되었으니 왕산로는 육사 외가의 기운이 강물처럼 흐르는 길이라 할 수 있겠다.

청량리역 앞의 왕산로를 건너 홍릉으로 향하는 길은 대한제국의 쓸쓸한 흔적의 길이기도 하다. 홍릉은 명성황후의 묘가 있던 곳이고, 그곳으로 가는 길의 오른편에는 고종의 후궁인 순헌귀비 엄 씨의 묘인 영휘원과 영친왕 맏아들의 묘인 숭인원이 있다.

고종 사후에 황후의 능을 옮겨 합장하고 난 뒤 일제가 홍릉에 임업 시험장을 조성했고 현재는 산림과학원 홍릉 시험림으로 바뀌었지만, 그곳까지 가는 길에 있는 영휘원과 숭인원 담장만 보더라도 왕조의 흔적을 떠올리지 않을 수 없다. 육사가 비장한 마음으로 답설하며 황실의 가족묘를 지날 때에도 그저 아름다움만을 느끼지는 못했을 것이다.

1940년대에 들어서면서 일본의 제국주의는 파국으로 치닫고 있었다. 징병령을 내려 한국 청년들을 강제로 일본군에 편입시켜 전쟁터로 내몰고, 무기를 만들기 위해 식민지의 놋그릇 하나까지 수탈했다.

저명한 문인들은 극소수를 제외하고는 일제의 꼭두각시가 되어 전국을 순회하며 징병과 징용을 독려하는 글을 쓰거나 강연을 하였다. 예술가들은 음악이나 미술 작품으로, 기업인들은 돈으로 일제의 전쟁을 도왔다. 독립운동가들과 애국지사들은 대거 체포되었고 국내에서는 비밀결사운동만이 독립운동의 명맥을 이어가고 있었다.

한국인들의 민족혼을 말살하여 군국주의의 노예로 만들기 위한 일제의 광란 속에서 더는 펜을 들고 싸울 수 없었던 육사는 이제 직접 총을 들어 싸우고자 했다. 4월에 베이징으로 떠나기 전에 가까운 동료 기자이자 동지인 이선장에게 육사가 했다는 말은 다음과 같다.

"베이징으로 가서 동지를 만나보고, 다시 충칭으로 가서 어느 요인을 모시고 옌안으로 간다. 나올 때는 무기를 가지고 나와야 하겠는데, 그것을 만주에 있는 어느 농장에 두고 연락을 하겠다. 만주에는 일본 군부가 많이 쓰는 한약재인 대황과 백작약이 많다. 그것을 헐값에 사서 약을 반입하는 편에 숨겨서 반입시킨다. 자네가 약재 반입의 방법을 연구해 달라."

이선장은 그 말을 듣고 만주에서 한약 무역의 거상과 만나 언제든 착수할 수 있도록 준비하고 있었다고 한다. 그러나 육사는 끝내 만주로 가지 못하고 베이징에서 옥사했다.

교목(喬木)

푸른 하늘에 닿을 듯이
세월에 불타고 우뚝 남아 서서
차라리 봄도 꽃피진 말아라.

낡은 거미집 휘두르고
끝없는 꿈길에 혼자 설레이는
마음은 아예 뉘우침 아니리

검은 그림자 쓸쓸하면

마침내 호수 속 깊이 거꾸러져

차마 바람도 흔들진 못해라.

· · · · · · · SS에게 · · · · · · ·

『인문평론』 1940년 7월

이 작품의 끝에 붙어 있는 SS는 윤세주로 추정한다. 윤세주의 호가 석정이었으므로 「교목」은 그의 잊을 수 없는 동지에게 바쳐진 시로 읽힌다. 문필 활동이 점차 어려워지는 시절에 그가 다시금 되새겨본 군관학교 시절, 그 어떤 상황에서도 결코 꺾이지 않겠다는 의지를 다져보는 마음, 그리고 어떠한 경우든 불의와는 타협하지 않는 선비정신이 「교목」에 아로새겨져 있다.

육사가 이 시를 쓸 무렵, 윤세주와 김원봉의 주도로 조직된 조선의용대가 일본군에 대한 심리전이나 후방 공작 활동에서 큰 성과를 올리고 있었다. 육사는 그 소식을 접하고 동지들의 세계로 다시 가고 싶어 하는 의지를 이 시에 담은 듯하다. 그리고 마침내 1943년 봄에 그 의지를 실현하기 위해 홀연히 중국으로 떠났던 것이다.

육사가 순국한 지 1년쯤 지난 1944년 12월, 육사의 외삼촌인 허규가 이선장을 찾아와 "육사가 베이징으로 가면서 '중앙에서 경북의 일을 이선장과 상의하라'는 말을 했었다"라고 전한다. 그가 말한 '중앙'이란 과연 어떤 조직을 말하는 것일까?

당시 충칭에는 김구의 임시정부가 있었고, 옌안에는 김두봉의 독립동맹과 조선의용군이 있었다. 이들은 일본 제국주의가 전쟁을 확대할수록 패망이 가까워진다는 판단에 따라 독립운동의 좌우합작을 도모하려고 했다.

육사가 충칭으로 가서 어느 요인을 모시고 옌안으로 간다고 했으니 국내와 충칭과 옌안의 독립운동을 연계하려는 그 어떤 움직임에 참여하고 있었던 것은 분명하다.

또한 육사가 귀국할 때 무기를 들여올 계획을 세웠다는

사실도 이선장에게 했던 말을 통해서 알 수 있다. 1940년대 들어 국내에도 항일 무장 단체들이 생겨났으므로, 광복군이 국내로 진격해 들어갈 때 그들과 협력하기 위한 방책이었을 것이다.

1940년 충칭에 정착한 대한민국 임시정부는 숙원 사업인 한국 광복군을 창설했다. 그리고 1941년 12월 일제가 미국 하와이의 진주만을 기습하여 태평양전쟁을 일으키자, 한국 광복군을 연합군의 일원으로 참전시켰다.

1942년에는 화북 지방으로 이동하지 않고 충칭에 있던 조선의용대도 광복군에 합류하여 김원봉은 광복군 부사령 겸 광복군 1지대 지대장으로 취임했다. 강제로 일본군에 끌려갔던 조선 청년들도 속속 탈출해서 광복군에 합류했고, 중국 각지에 흩어졌던 독립운동 무장 단체들도 모여들기 시작했다.

육사는 무기에 관심이 많고 잘 다루었다고 한다. 밤에 불을 끄고 15분 만에 총기 여섯 자루를 단숨에 해체·조립하는 육사의 모습을 기억하는 이병희 동지의 말을 전하면서 이옥비 여사는 덧붙여 말했다.

"아버지가 소련에서 무기를 구입해서 들여오려 하지 않으셨을까, 삼촌들은 그렇게 말씀하셨어요. 그때 아버지가 소련 돈을 좀 갖고 계셨거든요. 아버지가 마지막으로 떠나기 전에 어머니께 소련 지폐 두 장을 주면서 좋은 세월이 오면 이 돈이 쓰일 거라고 하셨대요. 그게 아마 어머니가 아버지께 처음으로 받아본 돈이었을 거예요. 어머니는 늘 그 지폐를 몸에 지니고 있다가 청년들에게 한번 구경시켜줬는데 어떻게 신고가 들어갔는지 경찰이 들이닥쳤다고 해요. 육이오 직후에 좌우익이 극심하게 대립할 때였죠. 경찰이 곤봉을 휘두르길래 어머니는 '내 몸에 손대지 마라, 내가 누군지 알고 손을 대냐, 이 나라가 어떻게 찾은 나라인데 너희들이 막무가내냐, 내가 스스로 걸어가겠다' 해서 이틀 동안 조사를 받고 나왔는데 돈은 되찾지 못했대요. 좋은 세월도 못보고 빼앗겼다고…."

좋은 세월을 그저 기다리지 않고 쟁취하기 위하여, 육사는 다시 직접적인 투쟁의 길로 나섰다. 일제의 수탈과 만행이 극에 달하고 누군가는 일본이 이렇게 빨리 망할 줄 몰라서 친일을 했다던 그 암울한 시절, 두려움 없이 죽음의 길로 향했다. 민족 전체의 생존이 위협받는 상황에서 독립운동의 진영 통합을 도모하고 결정적 시기를 대비하려고 했다.

육사는 베이징에 도착하자 신문보급소를 운영하던 이상호의 집에 머물며 이병희 동지를 만난다. 안동 출신으로 육사의 손녀뻘 되는 친척인 이병희는 1930년대 중반에 동대문 종연방적 공장 파업 투쟁을 이끌다 서대문형무소에서 2년 넘게 옥살이를 한 후 중국에 망명해 있었다. 사회주의 계열로 낙인 찍혔던 터라 혹시 후손들에게 누가 될까 봐 독립운동가였던 사실을 숨기다가 해방 후 50년이 지나고서야 비로소 독립유공자로 인정받은 인물이다.

이병희는 육사와 함께 자금성 뒤편의 베이하이(北海) 공원에서 충칭을 다녀온 동지를 만나 앞으로 해야 할 일을 논의했다. 육사는 그해 여름에 모친 소상을 다녀온다며 국내로 떠났다. 이병희는 그해 말 형사에게 체포되어 투옥되었는데 그곳에서 육사와 재회했다고 한다.

아버지 다녀오마

어머니와 형의 소상을 치르러 일시 귀국하여 안동 다녀오는 길에 형사대에 붙잡힌 육사는 동대문경찰서에서 조사를 받았다. 그리고 베이징으로 이감되는 과정에서 청량리역에서 기차를 탈 때 아내와 딸을 만난 것이 이 땅에서 그의 마지막 모습이 되고 말았다. 태어난 지 2년 6개월밖에 되지 않았던 어린 딸은 그 모습을 어렴풋이 기억한다.

1943년 가을, 일본 경찰에 이끌려 청량리역에 모습을 드러낸 육사는 온몸이 포승줄로 꽁꽁 묶이고 얼굴은 죄인용 용수로 가려져 눈만 보였다. 용수라는 것은 대나무나

밀짚을 엮어서 길죽한 바구니처럼 만들어 술을 거르는 데 쓰는 물건인데, 당시에는 죄수를 이감할 때 얼굴을 보지 못하도록 머리에 씌웠다고 한다.

"중학교 때 대구형무소 근처에서 살았는데 어느날 죄수들이 포승줄에 묶여 용수를 쓰고 가는 모습을 보고 정신이 아득해진 적이 있어요. 무의식 속에 남아 있던 아버지의 마지막 모습이 떠올랐기 때문이었죠. 허둥지둥 집으로 달려와 어머니께 말씀드렸더니 '니가 그걸 기억하는구나' 하며 자리에서 벌떡 일어나시더군요. 이후 형무소나 경찰서는 무조건 피해서 빙빙 돌아가는 버릇이 생겼어요. 경찰만 보면 가슴이 두근거렸죠. 누가 붙들려가나 싶어서…."

육사가 베이징으로 이감된다는 소식에 육사의 아내는 어린 딸을 친척 어른댁에 맡겨놓고 동대문경찰서로 달려갔다. 국제 정세에 밝았던 친척 어른은 '지금 일본이 한창 막바지인데 육사를 중국으로 이송하는 것은 좋지 않은 징

조다, 이번에 가면 마지막이 될 것 같으니 부녀지간에 만나게 해줘야겠다' 하고 생각해서 옥비를 안고 청량리역으로 갔고, 용수를 쓰고 오는 육사와 뒤따라오는 그의 아내를 만나서 마지막 배웅을 할 수 있었다.

그때 육사는 어린 딸 옥비의 손을 꼭 쥔 채 "아버지 다녀오마"라고 말했다고 한다. 그러나 육사는 끝내 돌아오지 못했다. "아버지 다녀오마"라고 했던 말까지는 기억하지 못해도 아버지가 사다준 핑크색 모자와 자주빛 원피스, 아버지가 아이보리색 양복을 입고 나비넥타이를 맸던 모습은 여태 기억하는 애틋한 딸을 이 땅에 두고.

1944년 1월 16일 새벽, 육사는 베이징 네이이취(內一區) 동창후뚱(東昌胡同)에서 순국했다. 당시 그곳에는 일제의 문화특무 공작기관인 동방문화사업위원회가 자리잡고 있었는데, 일부 건물은 감옥으로 활용되었다. 그곳에 육사와 함께 갇혀 있다가 먼저 출옥했던 이병희 동지는 고문받은 흔적이 역력한 피투성이의 시신을 수습했다고 한다.

“갑자기 육사의 시신을 인수해 가라고 연락이 왔어요. 그나마 안면이 있던 간수가 배려를 해줘서 비밀리에 시신을 내주는 거니까 밤에 몰래 오라는 거였어요. 처음엔 믿을 수가 없었지요. 내가 출옥할 때까지만 해도 멀쩡했던 사람이 그렇게 갑자기 죽을 수는 없는 거니까…. 감옥으로 달려가니 감방에 관이 놓여 있었는데, 관 뚜껑을 여니 코에서 핏물과 거품이 주루룩 쏟아졌어요. 눈을 부릅뜨고 계셨지요. 내가 눈을 쓸어내리며 안심하시라고, 뒤처리는 내가 다 할 테니 안심하시라고, 조국은 우리 동지들에게 맡기고 제발 안심하고 가시라고 세 번을 말했더니 그제서야 눈을 감으셨어요.”

그리고 이병희는 육사가 감옥에서 마지막으로 쓴 시들도 함께 수습했다. 마분지 조각에 적힌 이 시들은 해방 직후 『자유신문』에 유작으로 공개되었다. 고향을 그리면서 해방을 예언한 「광야」, 그리고 꺾지 못할 높은 지조와 동지들을 향한 신뢰와 애정을 노래한 「꽃」이 바로 그 작품들이다.

꽃

동방은 하늘도 다 끝나고
비 한 방울 나리쟎는 그 땅에도
오히려 꽃은 발갛게 피지 않는가
내 목숨을 꾸며 쉬임 없는 날이여

북쪽 툰드라에도 찬 새벽은
눈 속 깊이 꽃 맹아리가 옴작거려
제비떼 까맣게 날아오길 기다리나니
마침내 저버리지 못할 약속이여!

한바다 복판 용솟음치는 곳
바람결 따라 타오르는 꽃성에는
나비처럼 취하는 회상의 무리들아
오늘 내 여기서 너를 불러보노라

『자유신문』 1945. 12. 17.

1943년에 육사는 베이징 중산공원에서 매일신보 특파원 백철(白鐵)을 만났다. 그때 육사는 기름을 발라 올백으로 멋지게 빗어 넘긴 머리를 하고 빨간 넥타이를 매고 있었지만 무언가에 쫓기듯 불안한 표정이었다고 한다.

그리고 1년 후, 백철은 일제 경찰로부터 육사의 행적에 대해 심문을 받았다. 경찰은 일본어로 번역된 육사의 시집 『청포도』를 내놓으며 "이육사는 철저한 민족주의자가 아니오?"라면서 시집의 한 구절을 들어 "여기서 기다리는 귀인이 누구냐?"라고 물었다.

그처럼 일제는 육사의 시까지 분석하면서 감시하고 주변인을 취조했는데도 그가 중국에서 무슨 일을 하려고 했는지 결국 알아내지 못했다. 육사가 마지막으로 전달받은 임무는 그렇게 영원한 비밀로 남고 말았다. 체포영장도 재판도 없이 육사를 중국으로 끌고가 조사하며 고문했지만 그가 끝내 실토하지 않고 순국한 까닭이다.

이병희는 어렵사리 육사의 시신을 화장하여 유골 단지를 품에 안고 다녔다. 육사의 동생 원창이 체포된 것처럼 서류를 꾸며 중국으로 오게 하는 데 열흘 가까이 걸렸기 때문이다.

유족들은 성북정 122-11에 호상소를 차리고 문상객을 받았다. 어린 옥비를 맡아주었다가 청량리역으로 데려가 육사와 마지막 상봉을 하게 해주었던 친척 어르신인 이규호 선생의 집이었다. 지금 그곳엔 아직도 나지막한 한옥들이 남아 있어 당시의 분위기를 느낄 수 있고, 인근 한양도성 자락에는 성북근현대문학관이 건립되어 육사의 시대를 살펴볼 수 있다.

부고 엽서를 보내고 장례를 치렀지만 당시의 호상소는 쓸쓸했다. 육사가 베이징으로 떠나기 전에 10명의 친구에게 자신의 사진을 주었는데 그 친구들중에서 장례식에 온 사람은 한 명도 없었다. 육사의 동생들은 술만 마시면 그 얘기를 하면서 무척 서럽게 울었다고 한다. 자기 목숨 살리려고 모두가 몸을 사렸던 시절이었다. 그러나 그 시절은 그리 오래 가지 않았다.

육사가 세상을 떠나고 이듬해 해방이 되었다. 1945년 8월 15일. 음력 칠월이었다. 그의 말대로 우리 민족은 청포도처럼 익어갔고 일본은 이 땅에서 끝장났다. 하지만 은쟁반에 하얀 모시 수건을 마련하려 해도 식탁에 마주 앉을 그가 없었다.

그리고 해방의 열기가 채 식지 않은 1945년 겨울, 12월 17일 자『자유신문』에 '대한민국 건국강령' 기사 옆으로 육사의 시 두 편이 실렸다.「광야」그리고「꽃」. 유고(遺稿)

였다. 유언이었다. 눈물이었다. 거기에 육사의 동생 이원조가 덧붙인 글이 있었다.

가형(家兄)이 사십일 세를 일기로 북경옥사(北京獄舍)에서 영면하니 이 두 편의 시는 미발표의 유고가 되고 말았다. 이 시의 공졸(工拙)은 내가 말할 바가 아니고 내 혼자 남모르는 지관극통(至寬極痛)을 품을 따름이다.

1946년에 육사의 유고 시집인 『육사 시집』이 서울출판사에서 발간되었다. 서문은 신석초, 김광균, 오장환, 이용악이 함께 쓰고 발문은 이원조가 썼다. 그러나 이 시집의 발간을 주도했던 동생 이원조와 서문에 이름을 올렸던 2명이 월북하고 남과 북이 분단되면서 그들의 이름은 한동안 한국 현대사에서 지워졌다.

1956년에 『육사 시집』이 범조사에서 재발간된 것은 그러한 연유에서다. 재발간 작업에서는 육사의 장조카인 이동영이 이원조의 역할을 대신했고, 서문을 청마 유치환이 썼다. 이후로 육사에 관한 연구와 선양은 이동영 교수가 주도했다. 해방 후의 격렬한 이념 대결과 한국전쟁, 그리고 분단을 겪으면서 삼촌들의 좌익 활동 이력을 드러내고 싶지 않았던 조카는 육사의 이름 앞에 '민족시인'을 더욱 견고히 붙여놓고자 했다.

그러나 육사는 그 어느 쪽에도 지배당하지 않았던 예술가였다. 사회주의에 몰두했고 국민당과 장제스를 비판하며 공산당을 지지했지만 육사가 공산당에 가입한 당원이었다는 증거는 없다. 의열단 단원으로서도 마찬가지다. 그는 한학을 익히면서 내면화된 유교적 이상과 중국 유학 등을 통해 습득한 혁명의식이 결합된 당위의 길을 거침없이 걸어갔을 뿐이었다.

그 모든 짐작과 소음을 뒤로 한 채, 지금 우리 앞에는 그가 남긴 시들이 있다. 우리는 다만 그것을 음미할 따름이다. 무릇 시라는 것은, 읽는 사람에 따라 다르게 읽힌다. 읽는 시절에 따라서도 다르게 읽힌다. 중요한 것은 시인이 그 시에 담아놓은 '마음'에 어떻게 닿느냐가 아닐까?

강 건너 간 노래

섣달에도 보름께 달 밝은 밤

앞내 강 쨍쨍 얼어 조이던 밤에

내가 부른 노래는 강 건너갔소

강 건너 하늘 끝에 사막도 닿은 곳

내 노래는 제비같이 날아서 갔소

못 잊을 계집애 집조차 없다기에

가기는 갔지만 어린 날개 지치면

그만 어느 모래불에 떨어져 타서 죽겠죠

사막은 끝없이 푸른 하늘이 덮여

눈물 먹은 별들이 조상오는 밤

밤은 옛일을 무지개보다 곱게 짜내나니

한 가락 여기 두고 또 한 가락 어데멘가

내가 부른 노래는 그 밤에 강 건너갔소

『비판』 1938년 7월

추운 겨울에 옥사한 자신의 운명을 예견한 듯 섣달 보름이라는 시기조차 비슷하게 노래한 시다. 읽다 보면 정말 노래처럼 음율이 느껴진다.

육사의 시에는 '노래'라는 단어가 자주 등장하는데 주로 아름다운 느낌이거나 '한 개의 별을 노래하자'라든지 '내 여기 가난한 노래의 씨를 뿌려라'에서처럼 강인한 의지를 보여준다. 그러나 이 시에서는 노래가 강을 건너가 버려서 한없이 쓸쓸하게 느껴진다. 아름답고 자유롭게 살고 싶었으나 그럴 수 없었던 시인의 인생을 보여주는 것 같아 애절한 느낌도 든다.

시가 곧 노래이니 '강 건너간 노래'는 그가 진정 쓰고 싶었던 아름다운 노래가 아니었을까? 인간다운 세상을 위한 해방을 염원했던 그가 이제는 모든 것이 해방된 곳에서 마음껏 아름다운 시를 쓰고 있기를 바랄 뿐이다.

혹자는 우리의 해방이 일본의 패전으로 거저 얻어진 것이라 말하기도 한다. 그러나 줄기차게 저항한 독립운동이 없었다면 우리는 패망한 일본에 그냥 흡수되었을 것이다. 종전 직후 일본은, 한국과 일본이 합법적으로 병탄된 나라라고 주장했지만 세계는 이를 인정하지 않았다. 우리는 끊임없이 저항했으며 그 무렵에는 광복군을 조직해서 국내 진공 작전까지 앞두고 있었기 때문이다.

카이로 선언과 포츠담 선언의 한국 독립 약속은 나라 안팎에서 끊임없이 전개된 한국인의 독립 투쟁을 국제 사회가 인정한 것이었다. 그러나 스스로의 힘만으로 독립을 쟁취하지 못한 한계 때문에 한국의 독립 문제는 미국과 소련 등 연합국의 영향을 받을 수밖에 없었다. 해방 후 좌우 대립의 상처는 국토 분단을 낳고 동족상잔의 전쟁을 불러왔다. 일제에 부역하던 친일파들은 미군정을 거치며 더욱 질기게 살아남아 세력을 확장했다.

의열단의 김원봉 단장은 임시정부 군무부장까지 지냈으나 해방 공간에서 반공 투사로 변신한 친일 경찰에게 수모를 겪은 뒤 월북했다. 그러나 북한에서 김일성에게 맞서다 숙청당했고 대한민국 정부 역시 지금까지 그를 인정하지 않고 있다. 이원조를 비롯한 육사의 동생들도 월북하였으나 결국 북쪽에서 숙청당했다. 그토록 원했던 해방이었건만 좌우의 이념 대립 속에 수많은 동지가 떠돌거나 죽어간 것을 육사가 보았다면 과연 어떤 생각을 했을까?

육사의 유해는 미아리 공동묘지에 안장되었다가 1960년에 고향인 원촌의 뒷산으로 이장되었다. 1968년에는 고향의 낙동강변에 「광야」를 새긴 육사 시비가 세워졌고 대통령 표창이 수여되었으며 1990년에 건국훈장 애국장이 추서되었다. 2004년에는 원촌마을에 이육사문학관이 건립되고 이육사 시문학상이 제정되었다.

그리고 2023년 4월, 육사의 묘는 이육사문학관 옆의 언덕으로 이장되었다. 처음 원촌의 뒷산으로 이장할 때 고등학생이었던 이옥비 여사는 이제 80세가 넘었지만 이장을 지휘하면서 부모의 묘를 평장(平葬)하기로 결정했다.

봉분 없는 평장으로, 높은 곳에서 낮은 곳으로, 육사는 마침내 평평한 땅의 역사가 되었다. 아버지가 지어준 경계(警戒)의 이름으로 살아온 외동딸 옥비는 그렇게 육사의 혁명을 마무리하였다.

이장을 하면서 그대로 옮겨온 묘비석은 평평한 무덤 앞에 홀로 우뚝 솟아 다소 불균형해 보인다. 육사의 이름 앞에 새겨진 '민족시인'이라는 글자 역시 어색한 영광의 수식어로 보이기도 한다. 그러나 식민지배하의 민족주의를 '지배로부터의 해방이나 독립'의 관점으로 바라본다면, 나는 기꺼이 그를 민족시인이라 부르고 싶다. 억압받는 공동체를 위하여 목숨을 바친 그에게 어떤 이름을 붙인다 한들 그 마음을 제대로 다 표현할 수는 없을 것이다.

언제나 중요한 것은 마음이다. 이름 하나에 온전히 담을 수 없는, 그 어떤 표현으로도 완전히 닿을 수 없는 마음. 그것은 오로지 마음으로만 만날 수 있다. 그러므로 그의 마음을 느끼려면 온마음을 다해야 한다. 그가 묵묵히 걸어갔던 자기 희생의 삶에 온마음으로 집중하다 보

면, 그의 마음을 따라 어디선가 그의 목소리가 들려올 것
이다.

나는 이육사다

나는 이원록이다. 혹은 이원삼이다. 독립운동가이자 시인으로서의 나는 이육사였고, 기자나 시사평론가로서는 이활이기도 했다. 무엇으로 불리든 상관없이 나는 '꺾이지 않는 마음'이다.

이 세상을 떠나기 5년 전에, 나는 이미 시를 통해서 나의 연보를 썼다. 고향을 떠나서 떠돌던 내 자신의 모습뿐만 아니라 조국을 잃고 헤매던 당시의 모든 청년의 초상을 그리듯, 이렇게.

연보(年譜)

'너는 돌다리목에 줘왔다'던
할머니 핀잔이 참이라고 하자

나는 진정 강언덕 그 마을에
버려진 문받이였은지 몰라?

그러기에 열여덟 새봄은
버들피리 곡조에 불어보내고

첫사랑이 흘러간 항구의 밤
눈물 섞어 마신 술 피보다 달더라

공명이 마다곤들 언제 말이나 했나?
바람에 붙여 돌아온 고장도 비고

서리 밟고 걸어간 새벽길 우에
간(肝)잎만 새하얗게 단풍이 들어

거미줄만 발목에 걸린다 해도

쇠사슬을 잡아맨 듯 무거워졌다

눈 우에 걸어가면 자욱이 지리라고

때로는 설레이며 파람도 불지

『시학』 1939년 3월

어쩌면 잘못 태어난 인생인지도 모른다. 그래서 농담처럼, 버들피리처럼, 휘파람처럼 살고 싶었다. 하지만 내 발목을 잡는 것들이 너무 무거웠다. 외면할 수 없었다. 무모한 일인 것을 알면서도 낭만주의자는 혁명을 버리지 못한다.

누군가는, 다른 양반 가문 출신의 엘리트들처럼 일제와 타협하고 평탄하게 살 수도 있었을 텐데 왜 굳이 자기 희생의 길로 갔느냐고 묻는다. 일신의 안락보다도 중요한 무언가가 있다고 굳게 믿었기에 그런 일이 가능했을 텐데, 그러한 신념이 두렵다고도 말한다.

내가 아닌 타인을 위해 목숨을 바친다는 것은 무모해 보이지만, 그 타인의 범위가 자신을 포함한 공동체라고 생각한다면 조금은 이해할 수 있을 것이다. 공동체는 때로 가족이나 민족 등으로 이름을 바꾸기는 하겠지만 궁극적으로 그것은 확장된 자아라고 볼 수 있다. 그러므로 대의를 위해 목숨을 버리는 것은 눈앞의 작은 행복 대신 크고 영원한 행복을 구하는 일인 것이다

물론 부모나 자식이 선택한 의로운 길이 결과적으로 그의 자식과 부모에게는 너무나 큰 아픔이 될 수도 있다. 하지만 나의 아픔보다 더 큰 테두리의 공동체를 위하는 일이라고 생각하면, 그들도 확장된 자아를 바라보며 행복을 찾을 수 있을 것이다.

수많은 경계를 수없이 넘나들었던 나는 이제 드디어 죽음과 삶의 경계도 넘나들게 되었다. 새처럼, 나비처럼, 부처바위의 비천처럼, 나는 자유롭게 날아다닌다. 그러면서 나의 딸 옥비가 이렇게 말하는 것도 듣게 되었다.

"이곳 문학관을 찾는 분들에게 아버지 인생의 일화를 들려주는 안내자 역할을 하다 보면 아버지의 품에 안기는 것 같은 느낌을 받을 때가 많아요. 너무 일찍 떠나셔서 늘 아쉬웠던 아버지의 사랑을, 아버지의 삶과 시를 아끼는 분들로부터 대신 받고 있기도 합니다. 어린 시절에 아버지의 부재는 내게 상처였지만 지금은 그 누구보다도 아버지의 존재를 강하게 느끼면서 살고 있어요. 전에는 불편하고 원망스럽기만 했던 아버지였는데 이제는 육사의 딸이라는 것이 자랑스러워요. 아버지의 뜻을 받들기엔 어림없지만 그 뜻을 잊지는 않으려 할 때, 아버지가 내 곁에 존재함을 분명히 느낍니다."

무비판적 탈국가주의와 냉소적 개인주의가 결합하여 설익은 자유론이 횡횡하면서 우리 사회의 공동체 의식이 급속히 사라지는 모습도 나는 보고 있다. 하지만 가까운 이에게 문화적 친밀감과 연대감을 느끼며 무리 지어 협동하면서 사는 것은 인간의 본성이므로 우리는 공동체를 외면하며 살아갈 수 없다.

역사적 상황에 따라 공동체의 크기와 종류는 문제가 될 수 있겠지만, 민족주의와 국수주의를 혼동하며 잘못된 비판을 해서는 안 될 것이다. 무엇보다도, 피억압 민족의 해방운동을 탈민족주의 측면에서만 비판한다면 정치적 이해관계에서 역이용당하거나 모든 저항적 움직임을 억압할 수도 있다는 점을 기억해야 한다.

독립이란 무엇인가. 홀로 선다는 것이다. 홀로 선 이후에 비로소 자유가 있고 평화가 있다. 현대의 이상주의적 개인주의자들이 말로만 외쳐대는 자유와 인권을 위해 나는 식민지의 현실 속에서 뜨겁게 행동했다. 1938년에 발표한 수필 「계절의 오행」에 이렇게 나의 마음을 새겨놓았듯이.

내 길을 사랑하는 마음, 그것은 나 자신에 희생을 요구하는 노력이오. 이래서 나는 내 기백을 키우고 길러서 금강심에서 나오는 내 시를 쓸지언정 유언은 쓰지 않겠소. 그래서 쓰지 못하

면 죽어 광석이 되어 내가 묻힌 척토를 향기롭게 못한다 한들 누가 말하리오. 무릇 유언이라는 것을 쓴다는 것은 80을 살고도 가을을 경험하지 못한 속배들이 하는 일이오. 그래서 나는 이 가을에도 아예 유언을 쓰려고는 하지 않소. 다만 나에게는 행동의 연속만이 있을 따름이오. 행동은 말이 아니고, 나에게는 시를 생각한다는 것도 행동이 되는 까닭이오.

그러나 내가 삶을 던지면서까지 기대했던 세상은 아직 도래하지 않은 것 같다. 나의 후손들이 저마다 자신이 주장하는 바를 자유롭게 발언하는 모습은 뿌듯하지만 그 생각들이 조화를 이루지 못하고 공동체의 분열과 대립만 깊어가고 있으니 안타깝다.

서로 다른 이념 속에서 남과 북으로 갈라져 전쟁을 하고 미워하며 살아가는 이 세월은 언제쯤 끝날 수 있을까? 내가 마지막 순간까지 힘을 쏟았던 좌우합작은 남북이 통일될 때 비로소 완성될 것이다.

자유주의나 사회주의 같은 이념에서도, 불교나 기독교

같은 종교에서도, 한결같이 추구하는 것은 인간의 행복이다. 그러나 제국주의는 인간보다 욕망을 앞세운다. 제국을 키워나가려는 욕망을 위해서 인간을 도구로 사용한다. 나는 그러한 제국주의에 맞서 싸웠다. 인간다운 삶을 되찾기 위해 몸과 마음을 던졌다.

그대들도 지금 무언가와 싸우고 있는 것 같은데 그 대상은 묘연하다. '중요한 것은 꺾이지 않는 마음'이라고 외치는데, 그 마음은 어떤 마음인가? 무엇을 위한 마음인가? 드라마나 소설 제목에서도 '해방'을 외치는데, 무엇으로부터의 해방인가? 무엇을 위한 해방인가?

물신의 시대이자 분열의 시대인 작금의 소음 속에서 대답은 들리지 않는다. 그대들의 삶을 옥죄고 있는 것이 무엇인지, 그 근본적인 원인은 어디에서 비롯되는 것인지, 찬찬히 살펴보기를 바라면서 나는 이렇게 힘주어 말하고 싶다.

"나는 꺾이지 않는 마음이다. 의열단 군관학교 출신의

독립운동 비밀 요원으로, 감옥에서 죽어가는 순간에도 시를 썼던 시인으로, 내가 꿈꾸었던 것은 자유롭고 평화로운 세상이었다. 인간다운 삶을 위한 해방, 완전한 독립을 완성하는 것은 이제 그대들의 몫이다."

2024년 5월. 내가 세상에 태어난 지 120년이 되었다. 육십갑자가 두 번 돌아 또다시 갑진년(甲辰年)의 봄이다. 육신은 짧게 살아 환갑을 만나지 못했으나, 마음은 길게 살아 두 번째 환갑을 맞이한다. 끝내 꺾이지 않았으므로 나의 마음은 영원히 살아있을 것이다. 진정한 자유와 평화를 가로막는 모든 것에 저항하는 그대들의 곁에서.

한민족의 정체성을 만든 인물들을 통해, 삶의 지혜와 미래의 길을 연다.

고대 신화가 아니라 실재했던 한겨레의 국조

나는 단군왕검 이다

**서로 잘 어우러져 하나가 되는
홍익인간 공공사회를 일구었노라**

"나는 임금이 되어 우리 겨레를 홍익인간의 삶으로 이끌려 애썼
그러면서도 자연의 원리에서 떠나지 않으려 했다.
융통성을 바탕으로, 공동체를 사안에 따라 매우
유연하고도 능란하게 운영하려고 했다. 반란과 대홍수를
이겨내고 모두 하나가 되는 공공사회를 일구었노라."
- 단군왕검이 독자에게 -

박선식 지음 | 값 14,800원

근대 삼한갑족 노블레스 오블리주의 대명사

나는 이회영 이다

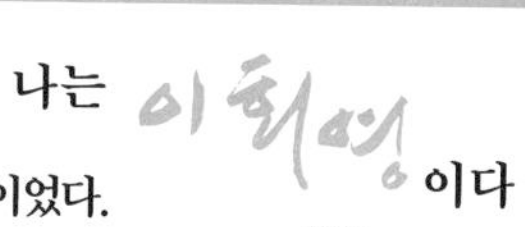

**동서고금을 통해 해방운동이나
혁명운동은 자유와 평등을 추구하는 운동이었다.**

"한 민족의 독립운동은 그 민족의 해방과 자유의 탈환을 뜻힌
이런 독립운동은 운동 자체가 해방과 자유를 의미한다.
태고로부터 연면히 내려온 인간성의
본능은 선한 것이다."
- 이회영이 독자에게 -

이덕일 지음 | 값 14,800원

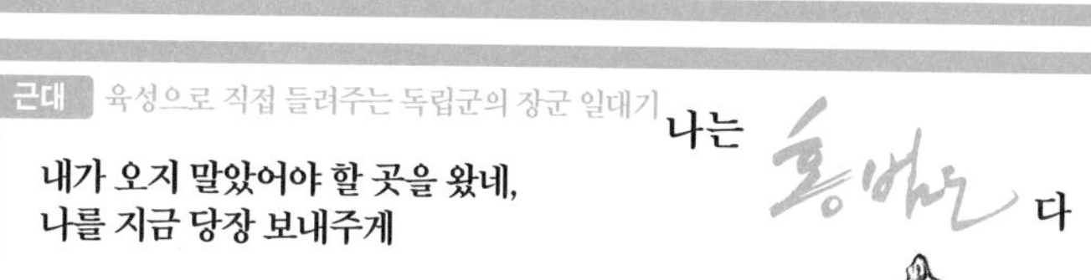

근대 육성으로 직접 들려주는 독립군의 장군 일대기

나는 홍범도 다

**내가 오지 말았어야 할 곳을 왔네,
나를 지금 당장 보내주게**

야 이놈들아, 내가 언제 내 흉상을 세워 달라 했었나.
왜 너희 마음대로 세워놓고, 또 그걸 철거한다고 이 난리인기
내가 오지 말았어야 할 곳을 왔네. 나를 지금 당장 보내주게.
원래 묻혔던 곳으로 돌려보내주게.
나는 어서 되돌아가고 싶네.
- 홍범도가 독자에게 -

이동순 지음 | 값 14,800원

한국 인물 500인 신간 소개

고대 배달 민족의 얼인 고대 동아시아 지배자

나는 치우천황이다

대동 세상을 열려는
너희 본디 마음이 나 치우다

"나는 천산산맥 넘어 해 뜨는 밝은 곳을 향해 내려와
신시 배달국을 열었다. 너도 하느님 나도 하느님, 너도 왕이고
나도 왕이니 서로서로 섬기는 대동 세상 터를 닦고 넓혀왔다.
하여 뭇 생명이 즐겁고 이롭게 어우러지는 세상을 열려는
너희 본디 마음이 곧 나일지니."
- 치우천황이 독자에게 -

이경철 지음 I 값 14,800원

근세 현모양처의 대명사인 한 여성의 삶과 꿈

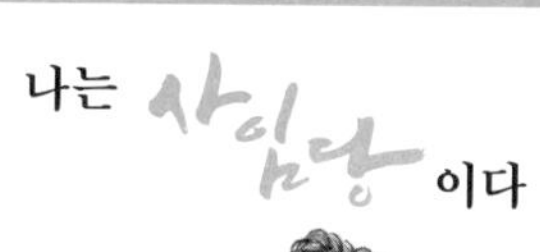

많이 알려졌어도 실제
내 삶을 아는 사람은 드물구나

"나만큼 많이 알려진 인물도 없다. 그러나 나만큼 제대로
알려지지 않은 인물도 없다. 율곡의 어머니, 겨레의 어머니,
현모양처의 모범과 교육의 어머니로 많이 알려졌어도
실제 내 삶이 어떠했는지 아는 사람은 거의 없다.
나는 내 삶을 바르게 살고 싶었을 뿐이다."
- 사임당이 독자에게 -

이순원 지음 I 값 14,800원

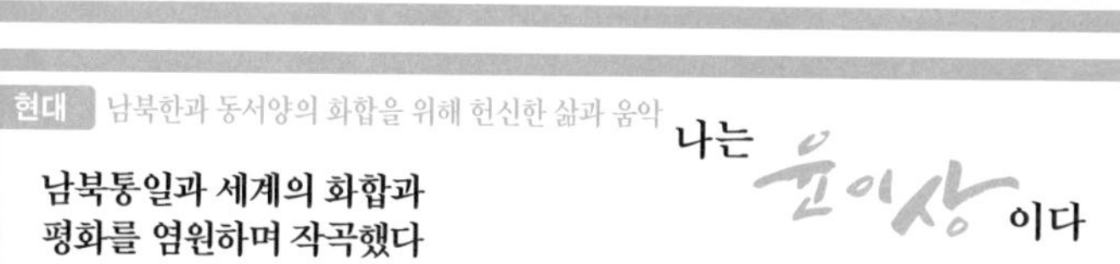

"나는 남한과 북한, 동양과 서양, 고전과 현대의 경계에 서서
화합을 모색해 왔다. 우리 민족혼을 바탕으로 민주화와
통일을 갈망했고 세계가 전쟁과 핵 공포에서 벗어나
평화와 평등의 세상으로 나가기를 바랐다.
내 음악은 이 모든 염원의 표상이다"
- 윤이상이 독자에게 -

박선욱 지음 I 값 14,800원